松本博逝著

戦時文通恋物語

ロックウィット出版

太平洋戦争中のある男女の検閲から逃れた密通物語である。

今日は東京の明治神宮外苑競技場で出陣学徒壮行会が行われました。沢山の学生達が敵国の鬼畜米英と戦う為に集まったのです。その軍勢の行進は土を軍靴で蹴とばすように敵を踏みつぶし、今後の日米の戦争に大きな力となるでしょう。その天を飲み込むような勢いを手紙では表現できないのが残念です。しかし、ここでは表現する必要はないと思います。

「あなたはこの私の雄姿を見に来てくれましたか？」

私とあなたとの深い関係ならもちろん見に来てくれていると思います。私は東京帝国大学の先頭から五番目の場所にいて、行進に参加していました。一番先頭に立てなかったのが残念ですが、それなりに見られる位置にはいたと思います。

そうそう、私とあなたの幼馴染である坂本武雄も私から三つくらい後ろにいたはずです。彼も真剣に鬼畜米英と戦う気持ちは変わりないです。彼の雄姿も見ていてくれれば嬉しいです。

後、私の真剣な瞳と表情からこの戦争の意味を聡明なあなたなら、理解していると思います。この戦争は軍人だけが対象となる戦争ではありません。一般市民の経済的な動員を含めた総力戦なのです。多数の一般市民が工場で鉄砲の弾や軍服を生産するのは彼らも軍人のような役割をするという事です。つまりは一般市民も米軍によって皆殺しにされるという意味です。「私は人を殺したくない」とこの行進の中でも、僅かにでも通常の人間としての意識が沸き上がってくるのは確かです。しかし、現実は殺さなければ殺されるというのが戦争です。私は国を守るために戦うつもりです。

田中　清次郎

昭和十八年十月二十一日

川野　節子様

もちろん、二十一日の行進は見に行きましたよ。観客席の中からでも、あなたと武ちゃんの姿はよくわかりました。あなたの真面目な性格は子供の頃からよく知っています。何をやるにもできるだけ手を抜かない、嘘をつくのもあまり得意ではなく、表情にあらわれる不器用な性格もよく知っております(笑)。そして、その最大の長所である優しさも・・・・。

行進姿はまるで真剣なブリキの兵隊人形のようでした。そこが頼もしくもあり、愛せるところでもあります。だから、私はあなたと戦争が終われば、結婚をする約束をしたのです。その優しくて、真面目で不器用な部分が大好きです。

それと正反対なのは武ちゃんです。武ちゃんはお茶目で面白いが、真剣にしなければならない事はあなたよりも真面目かもしれないです。ただ、酒を飲みすぎる、博打をする、浮気をするという欠点がなければ、将来、良い夫になるでしょうに残念です。

武ちゃんは目が本当に良いですねえ。あの沢山いた観客席の中から、私を見つけたのですよ。私と目があった瞬間に真剣な兵隊の顔から幼馴染の子供の顔に戻ったんです。それも頬をプーッと膨らませて、合図をするのです。

「武ちゃんらしい」と独り言を私は不意に大きな声で言ってしまいました。周りの観客の人達は誰に話しかけているんだろうというような感じで目をギョロギョロさせていたのが楽しかったです。たまには私も普通じゃないように見られたいという強い願望があったかもしれません。

あなたと武ちゃんの国を守るという強い意志を感じました。あなた達の行進する姿は今の日本の世情をあらわしております。私も軍需工場で鉄砲や大砲の弾を作る仕事をしており、いつ米軍から爆撃されるかわかりません。

「私も人を殺害する道具をつくる仕事をしているのです。私達、女性も間接的には戦士なのです！」と工場長に大きな声で言ってやりたいと思う事もあります。しかし、あくまでも主役は男性であるのは間違いないです。

ああ、本音を言うなら、こんな人を殺す道具を作らなくても良い時代に生まれたいと思った事が何回ある事か！　私は女です。着飾って愛する男の傍で生活したいと思うのが自然です。しかし、この時代では許されないのです。

昭和十八年十月二十三日

川野　節子

田中　清次郎様

近頃、ようやく冬の季節になってきました。私の志は高く、いつでも戦う準備はできていますが、冬はやっぱり寒いです。私は今年で二十歳にもなりますが、この冬の寒さになれる事がないです。もう、十回以上も冬を繰り返しているのにですよ。父は五十二回、母は四十八回も冬を繰り返しているのにどうやら慣れているような気はしないです。

「人間の本質なのでしょうか？　寒がりというのは」

私はこの事で父と議論した事があります。

「人間はなぜ寒がりなのでしょうか？」と私は父に真顔で言いました。

父はどうせいつものくだらない議論のふっかけと思って私が何度問いかけても無視をして相手にしてくれませんが、私は負けずに何回も繰り返しました。

「寒けりゃどうなる？」と父は言います。

「体調を崩します」と目を見て真剣に私は答えました。

「最後にはどうなる？」

「もちろん、凍死します」

「哺乳類は怖がりだなあ。そういう事だ」

私は父が巧妙に返答するなと感心しました。確かに哺乳類は植物、昆虫、爬虫類に比べて恐怖を感じやすいように思います。あくまでも実験によって確かめたわけではないですが、子供の時に天敵の蜘にであった小型の昆虫が素早く逃げずにのんびりしていたのを見た事があります。この昆虫は恐怖を感じないのだろうか？　それともただの馬鹿なのだろうか？　とても不思議な事です。

「哺乳類、特に知能の高い人類ではこのような事があるでしょうか？」

私は無いと思います。昆虫を手で捕まえるのはそんなに難しい事ではないですが、ネズミを捕まえるのはかなり難しいと思います。その主な原因の一つは恐怖心と思うんです。どうやら生物というのは知能が高ければ、高いほどに恐怖心を感じやすくなると思います。それになぜこんな事をいうのかなとあなたならそう思ったでしょうね。

それは私が徴兵検査に合格したからです。それも甲種（健康である）での合格となりました。本来は自慢すべき事なのですが、やはり兵隊になる事に不安もあります。

戦いたいという気持ち、人を殺したくないという気持ち、兵隊になりたいという気持ち、兵隊になるのが不安だという気持ちが複雑に絡みあっております。人間というのはなんと複雑な生物なのでしょうと思いませんか？　私も心の整理に大変な時期ですが、あなたの健康も心配です。この寒い冬の中、ご自愛くださいませ。

田中　清次郎

昭和十八年十一月十九日

川野　節子様

そうですね。人間という哺乳類は怖がりで複雑ですね。私もそう思います。人間はだれしも弱いものです。勇気と恐怖は常に同時に存在するものです。それは私も同じ事です。一方が強くなれば、もう一方が弱くなり、そのまた逆もおこります。しかし、その気持ちの中で何か基準軸のようなものができる気がします。それは、勇気よりの人もいれば、恐怖よりの人もいるような気がします。それが性格というものですね。

そうそう、こんな寒い日なので、あなたの為にマフラーを編みました。物資不足の中でなかなか材料の羊毛を手に入れる事ができなかったですが、何とか手に入れる事ができました。感謝、感謝です。

私はあまり裁縫が得意ではないので時間がかかってしまいましたし、着心地が良くないかもしれないですが、ご容赦くださいませ。この手紙と同時に郵送させていただきます。色は紺色の羊毛しか手に入れる事ができなかったですが、兵隊さんになるあなたですもの、色は紺か黒がいいと思っていますので、心配はしていないです。

それに私の事は心配しなくて大丈夫です。このところ何でもかんでも物資が配給になってしまって不足はしていますが、健康を維持できるくらいの食糧は何とか手に入ります。配給物資だけではとても足りないので、田舎に行って、着物等の物々交換でお米を手に入れなければならないですが、まだ交換できるものがあるのでしばらくはなんとかなりそうです。

清次郎さんはどうですか？　食べられていますか？　軍隊に入れば、民間よりも食糧の配給が優先されていると聞きますし、軍隊に入るとどんな立派な男子でも最初は不安になると聞きます。当然にシゴキやイジメがあると思います。特に日本の軍隊は上官の鉄拳制裁が常識と言われております。しかし、悪い事だけを考えていけば、人生は思いのほかつらいです。楽しい事を考えれば、思いのほか楽しく生きられます。

「何か楽しい事はありませんか?」
私もつらい戦時下ではありますが、時折の楽しみを見つけて報告させていただきます。それが人生の慰みと思います。
昭和十八年十一月二十三日　川野　節子
田中　清次郎様

「ハハハハハハ」、私は節子さんの言うとおり、暗い事ばかり考えてしまいましたねえ。申し訳ない。もちろん、軍隊における食事には期待しております。かなりの食糧や物品が配給制になっているのも、その物資がすべて軍隊に供給されているからであり、それを普通に考えれば、国民の全人口より圧倒的に少ない軍人に物資が集中し、私も含めて、兵隊達は腹いっぱいに米の飯と肉を毎日食べられて、夜にビール一本は必ずつく生活ができると思います。今から楽しみです。

「上官からの鉄拳制裁が怖いって?」、そんなもの昔から、先輩によく可愛がられる私には無関係なものと思います。

「○○教官はとても教え方が上手ですねえ」と言えば、鬼の教官もその表情から福の笑みがでますよ。それに私にはこの幸運のマフラーがあります。あなたから送られた紺色のマフラーはとても暖かいし、今から軍人になろうとしている私にも紺色なのでピッタリです。マフラーを本当にありがとうございます。

どういう風にして羊毛を手に入れたのでしょうか? 日本は羊毛の生産を輸入に頼っており、現状況では日本のまわりの海域にはアメリカの潜水艦がうようよし、海外からの輸入は危険な状況になっています。それに連合国（アメリカ、イギリス、オーストラリア等）からの輸入は不可能になっています。不思議でなりません。

それと十二月十日に海軍への入隊が決まりました。どうしても陸軍というのはドブ臭い感じがして、私にはあわない気がしたので志願しなかったです。それに陸軍のように兵糧攻めにされないので、船が敵軍に沈められるまでは腹いっぱいに米や肉を食べられそうですしね。沈没させられたら、まず死にますが(笑)。

最初はどうやら海兵団という所に配属されます。海軍の新兵はそこでかなり鍛えられるようです。どんな教育をされるのでしょうねえ。不安もありますが、ここではご忠告通りに、楽しい事だけを考えておきましょう。

「冷えたビールは一日に何本飲めるのでしょうか?」とだけ考えておきます。まあ、ビールじゃなくても冷えた日本酒でもかなり嬉しいです。

それとマフラーのお礼に手紙と一緒に花を贈ります。羊毛のマフラーと比べると見劣りするかもしれないですが、私にとってはこれができる事の精一杯です。この戦時中には物が手に入らないです。申し訳ない。精一杯の気持ちを込めて贈ります。

昭和十八年十一月二十五日

田中　清次郎

川野　節子様

清次郎さん、スイセンの花をありがとうございます。そういえば、スイセンは冬に咲く珍しい花ですね。それも黄色いお花。黄色のスイセンの花言葉を知っていますか？　それとも知らずに私にこの花をくださるのでしょうか？　この黄色いスイセンには「私のもとへ帰って」という意味があるらしいです。

私は死にませんよ。日本へのアメリカの空襲はまだ本格化はしていないですが、もし戦況の悪化が続くなら、日本本土への本格的な空襲はいずれ始まります。もちろん、日本の都市は丸焼けになり、多数の死者がでますし、私が働いている軍需工場にも爆弾は落ちるでしょう。でも、私は死にません。絶対に死にません。

「あなたの子供を産むまで死んでたまるもんですか！」

なんとしても、私は生き残るつもりです。爆弾が雨のように私の工場に落ちてきたなら、誰よりも早く逃げるつもりです。イタチのように逃げるつもりです。イタチは凄いですよ。あの素早いのはどの動物にもマネできるとは思えません。人間を見た瞬間にもはやボーッット立っている姿のイタチは見た事がありますか？　私は見たことはないです。いつも走っている姿しか見ていないです。私はあのように逃げるつもりです。あのように油断なく、素早く、逃げ切るつもりです。イタチに爆弾が当たると思いますか？　私は思わないです。だって爆弾が落ちるより、イタチの方が速いですもの。
だから、あなたも生きて帰ってきてくださいね。約束ですからね。あなたのかわいい女のイタチより。

昭和十八年十二月三日

川野　節子

田中　清次郎様

私の親愛なる女イタチさんへ。私はもちろん、絶対に死なないです。あなたと幸せな家庭を作り、子供を作り、その子供達が立派に成長し、あなたと一緒に年老いた手を二人とりながら、縁側でお茶を楽しく飲むまでとても死ぬ事はできません。

私はこの戦争を国にいる偉い人の為に戦うつもりはありません。私は天皇陛下の為に命を捧げる気はありません。私は私の愛する人の為に戦うのです。私を今まで育ててくれた父母、私を愛してくれたあなたや兄弟や友人の為に戦うのです。

「だから、死んでしまえば、愛する人々に永久に会えなくなるじゃないですか！」

そんな事は私には絶対に耐えられない。ここにいる学徒達には天皇陛下の為に死ぬだとか、天皇陛下は現人神（この世に人間の姿で現れた神）と言っている人達が沢山いますが、何人の人々が本音で言っているのでしょうか？

私は殆どいないと思います。あんな言葉は権力者や世間に媚びを売る為に言っているだけです。それは学徒達だけではないと思います。一部の本当の阿呆を除いては、職業軍人の下士官や、それだけではなく軍を統率する将官クラスの人間でさえも私と同じ気持ちだと思います。もちろん、報道機関の人間もです。

しかし、みんなが本音をどうしても言う事ができません。本音を言えるのは家族や結婚を約束したあなたのような恋人、子供の時からの親友等限られた人だけです。皆は本音をいう事が怖いのでしょうか？　五・一五事件や二・二六事件で日本国民を恐怖させ、政府の実権を握り、天皇陛下が政治に不介入なのをよい事に暴走する軍部が怖いのでしょうか？

私は怖くありません、いつか堂々と本音を言ってやりたいです。天皇陛下は神ではなく、人間で、私は愛する人々の為に戦うのだと。今は、ただ軍が掌握した世間を欺く為に沈黙しているだけです。軍と世間が怖いので黙っているのではありません。いつかは本音をぶちまけてやる為にだまっているのです。これは恐怖の為に沈黙しているのとは全然違います。相手を出し抜く為に沈黙しているのです。勇気ある沈黙です。これは武ちゃんも同じです。二人で誰もいない暗闇の夜によく話し合いました。阿呆は騙される、勇気の無い者はただ沈黙している。しかし、私達はそうではないと。

そして、彼も海兵団に入隊する予定です。私とはどうやら、違う海兵団に入隊が決まったようです。元気で壮健な彼は徴兵検査もなんなく合格しました。私が海軍に入隊するのに希望もありながら、不安を強く感じているのに、彼はどうやら、希望の方が強いようです。一人で空母を沈没させるのが夢だといっていますし、それができるとも言っています。まあ、冗談とは思います。

昔、私と武ちゃんがあなたの事を好きだったのを覚えていますか？　幼児の頃から私と坂本武雄とあなたは幼馴染でした。いつも近所の公園や空き地、道路、学校で遊んでいましたね。今でも思い出します。私は八歳頃までは女性に興味を持つ事がなかったので、あなたの事をただの面白い女友達としか思っていなかったです。それはあなただけではなく、他の女性に対してもそうでした。特に男と女が一緒にいてはいけないような空気が学校の中であったので、親しくなった女の子はあなたを含めて数人しかいません。

その中であなたが好きになった女の子の中で一番でした。そのきっかけになった事件を覚えていませんか？　私達が九歳か十歳くらいの事だったと思います。

綺麗な紋白蝶が弱って動けなくなり、地面でじっとしていました。それでもまだ生きています。必死になって空に向かって飛ぼうとしている。生きる希望に向かって必死に頑張ろうとしている。でも、どうしても飛ぶ事はできない。生きたいのに生きられない、更には不運な事に、その紋白蝶には沢山の蟻が群がっていて、餌にしようとしている。どうしようもない絶望です。そのような時にあなたは天使になってくれました。あなた以外の女の子は何と言ったと思いますか？

「気持ち悪い」

「汚い紋白蝶ね。可愛くない」

「もう死んじゃうよ。助からないよ」

こんな冷たい言葉を吐いただけでした。その間にも蟻に群がられた紋白蝶は生きようとする為に渾身の力を振り絞っています。その気迫は時に羽ばたきによって、数匹の蟻を羽から振り落とします。その中であなただけは違いました。

「かわいそう、なんとかしてあげよう」と心から同情心の溢れる暖かい言葉を紋白蝶にかけ、その蟻を丁寧に一匹ずつとってあげましたね。それも蟻を潰す事なく、丁寧に羽からとって逃がしてあげました。すべての蟻をとった後は、紋白蝶をタンポポの花の上に置いてやりました。

その紋白蝶は最初、全く動かなかったですが、暫く後には、タンポポの蜜を飢えて我慢ならなかった人間のように一生懸命に吸っている。よほどお腹がすいていたのでしょうね。その後、蜜を吸い終わると同時にタンポポの花の上から必死に羽ばたこうとする。何度も、何度も羽ばたこうとする。その努力で僅かに空に浮き上がる事ができる時もあるが、すぐにタンポポの花の上に着地してしまう。

「もう駄目だから帰ろう」と私と武ちゃんは言いましたが、あなたはその紋白蝶から優しい目を離さない。もう三十分が経過しているのにあなたはその優しい瞳を紋白蝶から離そうとはしない。

私と武ちゃんはあなたのその優しい瞳が大好きになりました。あなたに恋心を抱いたのです。女性が好きになった初めての経験でした。懐かしいです。こうして初恋の人と結婚できる約束ができた私は幸せ者です。

「初恋の人と結婚できる人は世の中に何人いるでしょうか?」
そんな人は殆どいません。だから、私は生きて帰りますよ。武ちゃんも死なせはしません。

昭和十八年十二月六日

田中　清次郎

川野　節子様

紋白蝶の事はずっと子供の頃でしたので、そんなにはっきりとした記憶はなかったですが、あなたが手紙に書いてくれた事で、そんな事もあったのかなあという程度にうっすらとした記憶を思い出しました。

はっきり申しますと、そんなふうに思っていただいて、私はとても嬉しいです。でも、特別な事をしたつもりは何もないです。私は昔から生き物が好きでしたからね。猫も犬もテントウムシも家で飼っていました。そういった環境の中で育ったので、自然と動物の事が好きになったのでしょうね。

今でも家で金魚を飼っていますのよ。あなたと二人きりで行った祭りでとった金魚です。それも金魚すくいでとった弱った金魚が、今では鯉の半分ほどの大きさにもなっているんですよ。それも水面をパクパクしてパンクズを食べる姿がとても可愛らしいのは昔と変わっていませんし、元気なのでもう十年は生きるかもしれません。

後、あなたと武ちゃんが私の事を好きなのは子供の時から知っていましたよ。でも、今、そのキッカケが紋白蝶だなんて、全く思いもよらなかったです（笑）。とても驚きました。

これはどの女の子にも言えるのですが、男子のその視線や表情を見れば、誰が自分に恋心を持っているのかはすぐにわかります。女の子の独自の感というものでしょうか。たとえ、男の子が見たいという欲望があって、その視線や表情を巧妙に隠しているつもりでも、隠す事はできないです。あなたと武ちゃんの視線と表情の隠し方はそんなに上手ではないので、特に簡単です。まるで、ダンゴムシが丸まって小石のフリをしているようなものです。

ただ、私は子供の時はあなたより、武ちゃんの方が好きだったかな。勉強はあなたより劣りましたが、武ちゃんは物凄く、運動神経が良かった、走っても誰よりも速かったし、野球も上手でしたし、力も強いので喧嘩も強かった。私がガキ大将の男子に下敷きを取られた時も、武ちゃんは勝てないとは思っても、必死に取り返そうとするんですよ。最後には、ガキ大将も武ちゃんをボコボコにしながらもその気迫に負けて、取った下敷きを地面に放り投げて、諦めてしまうほどでした。私はその時に武ちゃんの事が誰よりも好きになりました。

「だって、私の為に必死に戦ってくれる男の子がいるとはとても思えなかったんですもの！」

私の事を好きな男子は当時、何人かいたのは知っていたのですが、みんなは私が下敷きを取られて、泣いていても見て見ぬふりを決めこんだんですよ。情けないったら、ありゃしない。あなたは、その時、学校を病気で休んでいたので、この事件を周りの同級生から聞いただけかもしれないですが、本当に、本当に、子供の時の私にとっては悲しい事件でした。

もし、あの時、あなたがその現場にいたら、どのように行動したかが気になります。でも、たぶん、あなたなら武ちゃんと一緒にガキ大将に向かっていったと思います。

だって、勇気はとてもある人ですからね。だから、私を助けてくれないというのはありえないと思います。

そのように勇気に恵まれた人だから、海兵団に入隊しても十分についていけると思います。不安もあると思いますが、希望をもって頑張ってくださいね。

昭和十八年十二月八日

川野　節子

田中　清次郎様

海兵団に入隊してから一カ月を過ぎようとしています。初日は不安でしたが、一週間もすれば、ずいぶん慣れてきました。不安も少なくなりつつあります。ここの厳しさは入隊する前に想像していたのとは比べ物にならないぐらいにキツイですが、人間というものは不思議な生物で、だいぶ慣れてきたように感じます。ここは前線を除けば、日本軍国主義における底辺の環境です。ですが、どうやら、ここで二カ月程度の基礎訓練の後、違う部署に移れるようです。

食事は白米が出る事はなく、生きられるぐらいの麦飯がでる程度です。おかずは肉や魚がだされる事はなく、少量の味付けされた野菜だけがでます。みるみるうちに痩せてきたような気がします。でも、安心してください。かなり貧しいですが死ぬことはないです、生かさず、殺さずというところでしょう。

訓練は非常に厳しいです。「月月火水木金金」という有名な言葉がありますが、まさしくその通りです。殆ど休日がありません。楽しみはただ、食べる事と寝る事だけしかありません。とても、人間らしい生活ではないですが、唯一、何も考えなくてよいという大きな長所があります。それはある意味では非常に楽な生き方です。日本の戦況を心配する必要もなく、自分が将来、戦死するかもしれないという恐怖や家族がこの最悪の状況でどうやって必要にたる食糧を確保できるんだろうかという事に頭を悩ます必要もない。ただ、ただ、訓練の日々です。

一番つらいのは上官や古参兵から部下への理不尽な暴力です。目つきが悪い、姿勢が悪い、掃除が遅い、歩くのが遅い等どんな些細な事でも鉄拳制裁がそこら中にあふれています。素手で殴られるのはまだいいです、酷い時は木の棒で腹や背をやられる時もあります。その時は尻を棒で殴られるのが一番、幸運です。それでも殴られれば、紫の痣が暫くは体と一緒に存在します。

私は上官や古参兵から、嫌われているのではなく、むしろ、好かれている方にいますので、それほど、毎日殴られているわけではないです。しかし、嫌われている同期方の仲間が理不尽な暴力に晒されている姿を見ると何も言えない自分が情けなくて仕方ありません。ここでの沈黙は勇気ある沈黙、相手を倒す為の沈黙、こんな現代の軍国主義の日本でこんな事にいつも自分自身が関わっていたら身がもちません。そう、知性が言うのですが、感情がどうしても「助けたい！　助けたい！　なんとかならないものなのか？」と感じてしまい、私の心はクタクタに疲れてしまいます。

結局は、私にできる事は殴られている仲間をすぐに医師に運んでやるくらいなのが精一杯です。もしくは仲が良い上官の場合は、それぐらいで堪忍してあげてくださいと頼みこむ事くらいです。

子供の頃のように単純にガキ大将に挑戦する無垢さがあればなと思います。もし、私があの時、下敷きをとられたあなたが泣いているのを見た時は、武ちゃんと一緒にガキ大将に挑戦したでしょうね。二対一の戦いになり、卑怯と思われるかもしれませんが、相手は猛者で、か弱い女の子を虐めた悪党です。こちらも少しのズルは許されるでしょう。

しかし、今、もし、同じ事を上官や古参兵にしても、結局は私、一人に対して数十倍いる人数を相手にしなければならなくなり、結局は身の破滅を招いてしまいます。ここは簡単で単純な子供の世界ではないです。

暗い話ばかりして申し訳ございません。しかし、すべての上官や古参兵が悪党ばかりではないので心配しないでください。情に満ち、決して暴力には訴えない高い道徳を持った上官がいる事も確かです。

昭和十九年一月十日

田中　清次郎

川野　節子様

それは辛い日々を過ごしているようで、私も大変に心が痛みます。でも、あなたは勇気もあるし、心の芯がとても強い人です。十分に海兵団の中でも生きていく事はできると思いますので、それほど心配はしていません。上官や古参兵とも上手に関係を作る事もできるでしょう。

ですけど、食事がひどく悪いのは心配しております。あれだけ、国民に配給制をしき、軍に食糧を集めているのに、腹一杯に兵隊さんがご飯を食べられないなんて、この国は一体どうなるのでしょう。とても心配です。それにあなたの体調はどうですか？　この海兵団の中での厳しい訓練に耐えられますか？　肉も魚もなく、少量の野菜だけで体がもちますか？

とても不安です。だいぶ、お痩せになられたようですが、歩くときに体がふらついたり、座るときに眩暈がしたりしてはいないですか？　栄養失調になっていないかも気になります。

民間での食糧事情は兵隊さんよりも、もちろん苦しいものですが、私達は過酷な訓練に励んでいるわけでもなく、戦闘に参加しているわけでもないので、なんとか生きていけます。軍需工場で働いている時でもそんなにつらくはありません。

あなたがとても心配です。でも、上官や古参兵の人達の中にも素晴らしい心を持った人達がいるのなら、何とかなるかもしれませんね。そういう人達が政府の中枢にいれば、こんな戦争は起こらなかったのにと思います。否、政府の中だけではないです。世界中にいれば、こんな馬鹿げた戦争は起こらなかったでしょう。

私が働いている軍需工場にもそんな温かい心を持った人がいるんですよ。それも私の直接の上司です。私が疲れている時や何かでしょんぼりしている時には必ず、「どうしたの？　大丈夫？」と向日葵のような笑顔で声をかけてくれるんですよ。それにかなり疲れた時には金平糖をくれるんです。こんな物不足の時代なので、いつもくれないのですが、私がかなり疲れた顔をしている時に見計らってくれるのです。

あの人、安藤さんは三十代で綺麗な奥さんと結婚しており、子供も五人います。この戦時中に、それも家庭を抱え、子供もいる人が貴重品である金平糖をくれるのです。どこから手に入れているのでしょうか？　そんな余裕があるのでしょうか？　とても不思議な方です。

誰かが工場で作業をしていた時に誤って、手に大怪我をした事がありました。このような時でも職場の管理職の方々はその人の手の指よりも、工場の生産性を気にするばかりで、いつになったら作業が始まるのだろうというのしか気にしなかった。

そんな時でも安藤さんはその人を真っ先に病院に連れて行こうとし、作業の遅れは気にしようとはしなかった。その人は誤って指を落したのですが、その指を探さなければ、病院で指を手に再度、手術で繋げる事ができない。その人にとっては死活問題です。指が手に繋がらなければ、箸も持てないし、当然、仕事をする事はかなり難しくなります。それなのに管理職の人達は作業が遅れる事を気にするばかりで、怪我をした人の気持ちを考える事はまるでありません。

「何時から、作業が始まるんだ？　指なんかどうでもいい。作業を始めろ！」と上官が怒鳴り始めた時に、安藤さんはとうとう堪忍袋の緒が切れました。

「お前らそれでも人間か！　人の上に立つ資格があるのか！」と激しく怒鳴り返しました。

その時、周りは息を潜めるように静まりかえりました。安藤さんの上官だけは激しく怒って、彼に猛牛のように突進し、胸ぐらをつかんで、鉄拳制裁を加えようと拳を振り上げようとした時に周りから、匿名の声が上がりました。

「お前ら、カス野郎だ！」

「くたばれ。ゲス！」

この、誰から発声されたかわからない憎しみ溢れる声を合図に、全員から大きな声と激励が聞こえてきました。

「指を探せ！　作業なんかどうでもいい！」

「人の人生がかかっているんだ！」

「獣の言葉は聞くな！」

これだけ、沢山の従業員から声が出ましたので、誰が声を発しているのかはよくわからないような状態になりました。それで、最終的には作業を二時間中断し、機械に巻き込まれた指を探し出して、それが見つかり、万事解決となりましたが、私としてはなんと気持ちの良い日であったかと思います。あの嫌な軍国主義者の上官が作業員の声の大きさ、つまりはデモクラシーの声に負けましたもの！　こんな事は今の社会状況ではとても見られない事です。

最後に、僅かに私のささやかな気持ちですが、乾パンを一キロ程、お送りさせていただきます。なんとかやりくりをして、手に入れました。あなたのお腹がすいているのを黙って見ている事はできません。母親のような気持ちか、妻のような気持ちかどちらかはわからないですが、とにかくただ見ている事はできません。少しでも空腹に役立てていただくと嬉しいです。

昭和十九年一月十五日

川野　節子

田中　清次郎様

乾パンありがとうございます。凄く、凄く、助かります。生きられない事はないのですが、あまりにもひもじいので、自分が食べた後でも人のご飯がとても気になりチラチラ見てしまうほどです。そういう時には、自分はなんてちっぽけで、惨めな存在なんだろうなあって強く感じます。恰好をつけた事ばかり言っても、所詮は人間なんだなって思います。中には、麦飯の量がちよっと少ないのではないかという事で配膳係と殴り合いの喧嘩をするような人もいますが、わたしはどうしてもそのような人にはなれません。遠慮して、少し多い麦飯を羨ましそうに見るだけです。

ですから、乾パンを食べる時は、涙がでる時もあります。つらい訓練で消費した体を僅かな麦飯だけでは維持できない。それも夜中に布団の奥深くに隠したところから、少しずつ食べています。誰にも見られない夜中にしか食べる事はできません。上官に没収されますし、コソ泥もいますから。

この乾パンを古参兵に取られないようにするにも苦労しました。これが届いた時には、古参兵は食べ物の差が兵隊の間でできてはならんという理由で、なんとか私から没収しようとしました。自分が後から、食べる為です。この古参兵というのが非常に意地汚い人間で、野田という人物なんですが、家族から兵隊が受け取る食糧をなんとか、くすねようとするのです。確かに内規には食糧を家族、友人等から貰ってはいけないというのがありますが、実質は殆ど守られておりません。上官も事実上、黙認しています。しかし、この男はそれを悪用して、兵隊からぶんどるのです。もしかしたら、一部は闇で売り飛ばしているかもしれません。

しかし、この時は運が良かったです。私に目をかけてくださっている石田教班長がこの古参兵の野田をお叱りくださった。

「少し、ぐらいよいだろう。お前もやっているだろう」と冷たい視線で野田古参兵を叱りました。その時の奴の顔と言ったら、面白い事かぎりないです。今まで、石田教班長も古参兵だからと言って、遠慮して言わなかったのですが、とうとう、正面で堂々と言ったのですから、まるで鳩が豆鉄砲をくらったようでした。

やっぱり、いつの時代でも正義感を持った優しい人物がいますよね。これは大きな救いです。こういう人達が世界中の政府の中に沢山いてくれたら、こんな馬鹿げた戦争が起こることはなかったのになあとあなたと同じく、強く思います。

そうそう、身体検査に合格して、二月一日に土浦海軍航空隊に入隊する予定となりました。そこで初歩的な飛行機の訓練をする事になります。試験は体をぐるぐるまわされて、瞬間にとまれるかどうかがどうやら重要な基準らしいです。回されて、すぐにでも方向感覚が麻痺していないかを試験されます。三半規管の頑丈な人間が飛行機乗りの適正があるようです。

それにしても、入隊できてとにかく嬉しかった。私の理想としては空母の上でひもじいながらも、なんとか食える生活をし、（たらふく食べるという理想は諦めます。海兵団の経験がありますから）その空母の上から鷹のように飛び立ちたい、鷹と鷹の争いのような大空を駆け巡る命のやり取りをしたいと思っています。私も命を賭けるので、相手にも命を賭ける戦いをしてもらいます。どちらが死んでも恨みっこなしです。でも、本当はできたら死にたくないですし、殺したくもないです。

昭和十九年一月二十日

田中　清次郎

川野　節子様

そうですか、飛行機乗りになられるのですか、羨ましいです。私も男だったら、鳥のように大空を飛びたいな。こんなちっぽけな島国に閉じ込められる人生なんか嫌だな。男の人みたいに日本を守りたいな。女として生まれたからには叶わない望みです。でも、一回ぐらいは飛行機に乗りたいな。だって、生まれてから一度も飛行機に乗った事がないんですもん。

今、私は想像しています。小鳥になってあなたのところに向かうのを。晴天の太陽、春の日差しの頃、私は小鳥になってあなたの胸元に向かうのです。何百キロの距離があっても問題はないです。私は飛びます。飛び続けます。あなたが海軍基地にいたってかまうもんですか、私は可愛い小鳥さんなんですよ。誰が私とあなたの邪魔をするのでしょう。私が飛んでいる姿を見る兵隊さん達もきっと笑顔ですよ。だって、とっても可愛らしいんですもん。私が花の上にのったら、きっと小さなお菓子をあげたくなるでしょうね。おまけに手の上にのせたがるでしょう。そんな小鳥さんはあなたの胸に向かって飛びます。遥かかなたに向かって飛びます。

「ああ、なんて素晴らしい想像なんでしょう。現実には戻りたくないです」

乾パンの件はとても大変でしたね。まさか私が良かれと思って、送ったのがそんな感じに取り扱われていたなんて思いもしなかったです。そんな意地悪で自己中心的な人はいつか罰があたりますすよ。神様が許そうとはしないです。

でも、良かった。あなたの元にきちんと届いて。私がせっせとせっせと貯めこんだ乾パンなんですよ。いざという時の為にため込んだ非常用の備蓄乾パンです。それも今、持っている量の三分の一をあなたに送ったのですよ。少しでも飢えをしのげるように送ったのですよ。

私はあなたが飢えていて、フラフラになっている姿を見るのは耐えきれないです。

だって、子供の時から、肩幅が広く、背も高くて、決して太っているのでもなく、がっしりした体をしているんですもん。そんな方が、飢えた餓鬼のような体になってフラフラしているなんて、ありえないです。

小鳥の私がどんな事をしてでも食べ物を運んできます。小鳥は手に入れるためには盗み以外はなんでもさせていただくつもりです。闇市からだって、値切って格安で買ってきますし、人に頼み込んで物乞いをしても集めてきます。だって、私の将来はあなたのお嫁さんになる小鳥ですもん。こんな厳しい世の中、女でいたいと思いながらもたくましく生きていたいというのが私の望みです。

昭和十九年一月二十八日

川野　節子

田中　清次郎様

土浦海軍航空隊に入隊して、今、お国の為に練習に励んでいるところです。まだ座学が中心で、実際の飛行機にはのせてもらってはいないんですが、基地の周辺には沢山の飛行機があり、自分がもうすぐ飛行機にのって、大空を駆け巡るのを想像すると、とても興奮して、夜も寝られないですし、おまけに朝が待ち遠しいです。

それにこの新品の飛行服、飛行帽、飛行靴、手袋がとても気に入りました。私の家は決して裕福とまでは言えなかったので、服と言えば、親戚のおさがりばかりを着ていました。それなのに、ここでは新品を貰えるんですよ。国の為に戦う私達をここまで歓迎してくれるとはさすがは大日本帝国です。

しかし、私も一つどうしても好きになれないものがありますね。それは朝の起床ラッパです。海兵団の時からそうなのですが、耳がツンツンするような感じがします。朝の寝起きが悪い私にとって、ある意味有難いのですが、起きた後は何かここは別の世界なのか何なのかという気持ちになります。

後、ここでは従来の食事に加えて、各々に牛乳一本、卵一個が配給されます。これは空中で勤務する者に与えられる特別な食事です。飛行機乗りはよっぽど体力が必要な仕事らしいので、このような食事が出されます。軍隊の中ではかなり優遇されているようです。その他の食事も悪くありません。

ですから、小鳥さんはもう私の食事の事は心配しなくて、良いんですよ。私があなたの生活を心配する方です。乾パンはおいしくいただきました。本当に有難かった。飢えた時には本当に食べ物の有難さがよくわかりますね。今度は私があなたを心配する側にまわります。きちんと食べるものはありますか？ きちんと寒さを防げる衣服は持っていますか？ 病気にはなっていないですか？ もし、病気なら、薬はきちんとありますか？ とても心配です。

私はあなたが軍需工場で働き、家でどのように生活しているかを毎日、夜寝る時に想像しています。今日は幸福な一日だったのかな、それとも不幸な一日だったのかなって思います。余計なお世話かもしれませんが、それほど私はあなたの事が大好きなんです。愛しているんです。親友で恋のライバル坂本武雄から勝ち取った愛ですからね。覚えていますか？　僕と坂本が同時に告白をした日を。

私と坂本はあなたが大好きでした。あなたが誕生日の時に贈るプレゼントも、どちらが高価な物を贈れるか、どちらが喜ばれるかをいつも競争していたんですよ。知っていましたか？　その他にも勉強では私が東京帝国大学で成績上位の位置にいると、彼はその分野では勝てないというので、スポーツだとか違う分野で成功しようとする。おまけに、運動神経は私より良いので、どうしても、私はスポーツでは勝てない。子供の頃からずっと二人で競い合っていましたので、みんなから仲が悪いと思われていた時期があったくらいですからね。

でも、競争はしていましたが、正々堂々とした競争で、お互いを信頼していたので、まったくお互い苦にはならなかったですよ。あなたがどちらを好きになっても、負けた方が諦める約束をしていましたからね。

あなたは最初、武ちゃんの事が私より好きでしたね。言葉に出さなくても、なんとなくわかりました。子供の時は勉強よりもスポーツができる方がもてますからね。それでも、彼が努力して、ギリギリながらも私と同じ大学に入学できたのは凄い事です。彼は子供の頃からずっと勉強してこなかったのに。

田中　清次郎

昭和十九年二月五日

川野　節子様

食事には満足されているようなので、安心しました。私はどうせ軍隊なんて、生かさず、殺さずのような場所と考えていたので、飛行機乗りでも同じような食事だろうと考えていたから、こちらは金平糖を新たに準備しようとしていたんですよ。あなたのお腹がすく顔を想像したくないからですね。しかし、大丈夫そうなので、安心しました。

卵や牛乳が出るなんて、本当に凄いです。もうこの時期には国民は殆ど美味しいタンパク質をとれるような食材が配給される事はないです。あっても殆ど大豆を使用した食品に限られます。麦飯、サツマイモ、大豆中心の食生活にはもう私もしんどくなってきました。この戦争はいつまで続くのでしょうか？　何か生きた心地がしません。そう考えるといけない事だ。みんな国民は勝つために我慢しているんだ。私だけワガママを言うわけにはいかないと身を引き締めているのですが、やっぱり疲れてきました。

食物の事ばかり話すのはやらしいのですが、戦争が起こる前の自由で、豊かな生活を思い出します。殆どなんでもしゃべれて、豊かな暮らしができた過去が懐かしいです。

「アメリカ大好き！　ハリウッドも大好き！」と大声で街中、喋りたいです。政治に関係なく、一国民の個人的な感情で話したい。ですけど、現実にはそういうわけにはいかないです。

それと、もちろんあなたと武ちゃんが私に同時に告白した日ははっきりと覚えていますよ。私、とっても嬉しかったな。女の子にとったら、最高の日です。だって、好きになってくれた男の子が、それも二人の幼馴染が私の為に、頑張って、勇気を出して、告白してくれるんですよ。

あれは三人が十八歳の時だったかな、ほんの数年前ですけど、とても懐かしく感じられます。確かあなたは赤いバラの花を持っていましたし、武ちゃんは紫色のキキョウの花を持っていましたね。同時に私に好きですと言うんですから、そりゃまあ、とてもびっくりしました。人生最高の日の一つにはなりましたけどね。

「あなたが好きです。子供の時から好きでした。一生を共にしたい」とあなたは言いましたよね。

「あなたは綺麗です。あなたの心が好きです。すべてが好きです」と武ちゃんは言いました。

どちらも子供が初めておつかいをするようにとっても緊張しているんで、私まで緊張してしまったな、おまけに二人とも顔を真っ赤にしているんだから、緊張しながらも笑ってしまいそうだった。でも、本当に嬉しかった。

最終的にはあなたの方が武ちゃんより真面目で優しいのと、一生を共にしたいという言葉が心にときめいて、あなたを選びました。普通の人なら、交際を申し込む言葉に「一生を共にしたい」というような重い言葉は入れないです。そりゃ、女の人が怖くなってしまうんで、もうちょっと柔らかな言葉を入れて、お茶を濁すのが普通です。しかし、それもせずに不器用に直球勝負ときました。

ただ、私が子供の時からあなたと武ちゃんをずっと知っていたんで、重い言葉を入れられても大丈夫ですけどね。でも、これが、普通の知り合いなら、あなたの事を変わった人間であるとか、怖いだとかそう感じちゃうんだろうなあ。ただ、私はその不器用さが昔から好きだったし、あなたの事を怖い人だとは思っていなかったので、その言葉に乙女心が響いてしまった。私もその時は十八歳だったので、そろそろ夫候補を考えなければならないと言う理由もあってあなたを選んだのもあります。

それから、話がすすんで婚約する事になりましたが、私は一度も後悔してはいないですよ。約束通りに戦争が終わったら、早く結婚したいですね。

昭和十九年二月二十一日

川野　節子

田中　清次郎様

私はあなたに久しく会えなくて寂しいです。あなたは東京にいますが、私は違う所にいます。本当にまるで七夕の織姫と彦星のようです。今年の正月はあなたと会う事はできませんでした。海兵団ではとても家族や恋人に会いたいだとかを言えるような空気ではなかった。もし、そんな事を言うなら、上官にこう言われていたでしょう。

「こんな国家の危急存亡の時になんじゃお前は！　非国民かこの野郎！」

そして、海軍精神注入棒、またの名をバッターという長い棒で尻を力一杯に叩かれるでしょうね。それだけなら、まだマシな方で、要領の悪い新兵は死ぬまで叩かれる事もあります。もし、死んだとしても殆ど罪に問われる事はありません。軍隊教育の名で正当化されますからね。

しかし、嫌な世の中です。なぜに軍隊というものはこう体罰というのが正当化されるのでしょうか、上官や古参兵の新兵イジメがこんなにありふれているとは思いませんでした。

海兵団と違って、土浦海軍航空隊は食事にも恵まれているから、こういう鉄拳制裁も改善されていると思っていたんですが、それはとんでもない誤解です。仕事の失敗や満足な仕上がりではないという事で殴られるのはまだしも、気にくわないとか、私的な感情で殴られる。酷い時には「真珠湾攻撃成功のお祝いじゃ」という意味がわからない理由で殴られた事もあると誰かが話していたのを聞いた事があります。

後、海軍では朝鮮人や中国人差別も酷いですね。朝鮮人がキムチを食べるから馬鹿になるだとか、中国人の事を犬食いだとか悪口が凄いです。この風潮は学校時代の頃から朝鮮人を集団で暴行するようなイジメが起こっていたので、それが大人になっていても続いているような感じですかね。

「お前の親はキムチじゃ、臭いキムチじゃ」って、男の子十数人につきまとわれて、家まで追いかけられた朝鮮人女性の友人がいましたが、大人になっても、お前は「チョン（朝鮮人を表す蔑称、取るに足らない者の意味）か！」と言う上官もいます。子供の社会と大人の社会は決して切り離された物ではなく、子供の社会が大人の社会の基礎となっているというのが現実でしょうね。

悲しいですね。それもこういう人が兵や下士官だけでなく、士官クラスにも沢山います。建前では大東亜共栄圏を抱えて、アジア諸国から白人である欧米の植民地を駆逐し、アジア諸国民を解放し、共に栄えようとする目的をかかえて、アメリカに戦争をしかけた事になっていますが、軍隊の中にこれだけ隠れた民族差別主義者がいるなら、政府の中にも沢山いる事は十分に考えられますし、日本が正義に基づいた国を作るにはまだまだ時間がかかると思います。現時点では大東亜共栄圏は日本が欧米の宗主国に代わってアジアを支配したいだけの名目にしかすぎないでしょう。

田中　清次郎

昭和十九年二月二十八日

川野　節子様

もうそのような暗い話はよしましょう。時には暗い話をする事も大切ですが、そのような悲観的な気持ちでは楽しく生きていけませんよ。昔話をするのです。もし、そうじゃなければ、未来の話をしましょう。私達は現在に生きていますが、今に心はありません。過去の良い思い出と未来の素晴らしい将来に心があるのです。

私はこの戦争が終わってあなたと結婚したら、子供が三人は欲しいなあ。長男、次男、三女というように男、男、女が理想です。

子供達には私ができなかった事をして欲しい。特に英語の勉強をさせたいです。今は敵国の言葉というので表面上で使用するのは難しい時が多いですが、未来は英語の時代です。世界は英語を共通語として発展してゆくでしょう。もちろん、日本語も尊重されます。

勉強だけではなく、スポーツもさせたいな。水泳に野球、サッカーとかが良いなあ。

わ柔道や空手はやらせたくないです。だって、私は戦いが嫌いですからね。戦争が終わったのに、戦争のマネなんかしないですよだ。

そして、あなたと手をつないで、社交ダンスを習いにいくの。あなたが休みの日にはいつも二人で踊るの。クルクルクルクルとまわるの。地球の自転がおかしくなったと思うくらいまわるの。まわり終わったら、二人で情熱的な長いキスを毎日する。

あなたが仕事の日には私は毎日、美味しいご飯を作って待っているわ。あなたが好きな料理を私は何もかも知っているのよ。肉じゃが、ステーキ、寿司、たこ焼き、焼き飯、餃子、まだまだ書けないくらい沢山あるけど、私は知っているのよ、あなたが好きな食物をね。それに私は料理がとっても得意なのよ、私のお母さんが丁寧に、丁寧に教えてくれたのよ。お母さんがお父さんを恋に落したのはこの料理の力だって、お母さんは私に自慢げに話すのよ。私はあなたに料理をふるまった事はあまりないけども、私の料理を毎日、毎日、食べたら、お父さんがお母さんを好きになったようにもっともっと私の事を好きになるわ。そして、そのあなたの笑顔を見て、私もあなたの事をもっともっと好きになるの、お爺さんとお婆さんになってもずっと大好きになるの、死ぬ時も同じ日だと嬉しいな。

すいません、許してください。あまりにも世の中が暗い事ばかりなので、想像にふけってしまいました。あなたのかわいい手乗り文鳥より。

昭和十九年三月九日

川野　節子

田中　清次郎様

私のかわいい手乗り文鳥さん、あなたの微笑ましい想像ありがとうございます。とても元気づけられます。じゃあ、私もお礼の想像をさせていただきます。私はこの戦争が終わったら、まず、一番先にあなたの頬にキスをする為に鳩のように戻ってきます。そして、あなたに一番に言うのです。私は人を殺さなかったのだと。

私が戦闘機で撃った弾は人には決して当たらないんですよ。戦闘機にしかあたらないんです。それに不思議に戦闘機にあたっても、緩やかに飛行機が海や平地に不時着するだけです。飛行機が爆発して火だるまにならないんです。不思議だなあ。だから、私は確信を持って言えるのです。

「一人も人を殺さなかったのだよ」と。

そのかわり敵の飛行機だけは何十、否、何百とダメにしたのですよ。私は殺人者ではないんだと帰って来たら、あなたや父母に言うのです。子供達が生れたら、その子供達にもお父さんは人を殺した事は決してないんだよと誇りを持って言うのです。人を殺さずに飛行機を撃墜する名人なんだよとみんなに言うのです。それに仲間の飛行機も何機も守ってきたのだと言うのです。私は仲間の家族や恋人を泣かせない為に戦ってきたのです。それに敵の家族や恋人も泣かせた事はない。物だけをとても多く壊したのです。

もうすぐ戦争は終わります。あと少しです。勝ち負けは大きな意味を持たないです。戦争が終わったら、敵も味方もありません、手を取って復興しようじゃないですか、壊れた建物を新しく建て直し、不発弾を撤去し、壊れた鉄道や道路も新しくしようじゃありませんか！　死んだ人々を決して、野ざらしにする事はありません。どんな戦争犯罪者も死んだら、手厚く葬られるのです。死んだら、すべての罪はなくなり、みんなは生まれたての赤ん坊のように扱われる。そして、次は神様の手によって、善人として生れてくるのです。人を殺したり、物を盗んだりはしないです。思慮深く、言葉で人を傷つける事もないです。

さあ、今度こそ戦争のない世界を作りましょう。歴史上、誰もできなかった事です。偉大な世界を作りましょう。世界は自分の事しか考えないエゴイズムと権力欲、金銭欲、征服欲、虚栄心によって常に争いに満ちた混沌とした世界でした。強い人間が勝ち、弱い人間は奴隷や家畜、良くても虐められるだけの対象でした。ここでは人間に順位がつけられる事はないです。人間はただ、他人の権利を侵さなければ、皆が自由と最低限の生きられる富は与えられるのです。富を増やしたい人は増やしなさい、自由に生きたい人は生きなさい。そこに順位はないのです。

人間に順位をつけるのは心の小さな弱い人間のする事です。心の強い人間は人に順位をつけて、自分が勝ったように感じる事はなく、人を見下すような事はありません。

ましてや、自分の順位が低いという事で卑屈になったり、自分より弱い人間を虐めたり、更には人の権利を侵す事で、人の上に立とうとするのはありえません。
ああ、理想を語りすぎてしまいましたね。もしかしたら、これを聞かされたあなたは疲れたかもしれません。申し訳ないです。少し病んでいるあなたの婚約者より。

昭和十九年三月二十一日

田中　清次郎

川野　節子様

いいえ、別に疲れる事はありませんよ。私はあなたの想像が大好きです。だって、あなたの想像は私の想像に似ているんですもの。しんどくなるというより、心が透明になった気がします。自分が言えなかった、言葉にできなかった事をあなたが言ってくれるんですもん。世の中には言えない事が沢山ありますからね。

それにあなたはもう一人で飛べる鳥になりましたか？　以前、誰かから、聞いた事がありますの。飛行機に乗る人は最初、教官と一緒に練習機で飛行機を操縦するが、暫くして、認められると、一人で飛行機を操縦する事を許され、自由に空を飛べるんですってね。どんな気持ちか聞きたいですわ。

私は今、工場という箱の中に閉じ込められた文鳥なんですよ。工場の仕事も別に嫌いではないですし、戦争に勝つ為に必要なので、がんばっていますが、たまには外の世界も知りたいなと思うこの頃です。

後、安藤さんが栄転になりました。栄転というのは良いように聞こえるかもしれませんが、事実上の左遷です。上層部にとって、あのように正義感が強くて、人望のある人間は扱いづらいもんです。自分達の言う事を聞かせる為には、妙に工場の中に優れた人間がいるのは危険ですからね。それもどうしても安藤さんを攻撃する材料が見つからないので、褒めて栄転という形になりました。そういうふうにしない限りは安藤さんの部下も納得しないですからね。

次の部署は役職が高くなりましたが、どうやら部下もいないような閑職らしいです。私は優しい言葉をかけてくださる人がいなくなりとっても寂しいです。金平糖を貰える時も嬉しかったですが、何よりもあの優しい笑顔が見られなくなるのが残念でなりません。

川野　節子

昭和十九年四月十二日

田中　清次郎様

もう一人で飛んでいますよ。前の手紙に書こうと思ったんですけど、想像を書くのが楽しすぎて、つい省略しちゃいました。なんで、この手紙で書いてしまいます。私はできが悪いか、良いかはわからないですが、皆が空を単独で飛んでいく中で、私は後ろから三番目くらいで、単独飛行が許されました。私が最後の方で単独飛行が許されたのは教員が厳しい人だったかもしれません。下士官の田崎教員は自分の教え子にはできるだけ生きて帰ってほしい、生きて帰れる可能性のある人間以外は飛行機乗りにさせないという信条の人です。

「俺が教員となったからには、この戦争では死なせないからな、どんなことがあっても帰れるような飛行機乗りにしてやる。信じてついてこい」と初対面で熱っぽく語る人です。

ミスをすると軽い木の棒で一撃をくらう事もありますし、言葉も乱暴ですが、教え方が非常に上手ですし、何よりも教え子に愛情を感じます。この愛情があってこそ、軽い体罰もこちら側がすすんで受けられるのでしょう。

「緊張せずに、手足をもっとゆるめて！」と何度言われたか、わかりません。最初は練習機で、あなたの指摘のとおり、何回も教官と同じ飛行機に乗ります。伝声管があるので教官の声も聞こえますし、教官の操縦桿と私の操縦桿が連動しているので、その動き方がこちらにとてもよく伝わります。非常に新人を育成するには上手くできているなと思います。

離陸と着陸に田崎教員は厳しく、何回もやり直させられましたが、初めて、単独飛行を許されて、空を飛んだ時は、嬉しさと同時に、これからは何でも一人で対応しなければならないという怖さもありました。

自然にふわっと鳥のように空を飛ぶ、それも教員と同席ではなくて、自分の力だけで飛ぶのは嬉しかった。飛行機を飛ぶ時は農家や木がどんどん近づいてくるんですよ。それが物凄いスピードなので、一瞬、目の錯覚で衝突しそうな気がする時がありますが、その瞬間にフワッと浮かびあがる、農家や木や畑もどんどん小さくなり、おもちゃのように感じます。私は単独飛行の時には嬉しさのあまりに飛行機の中でつい大声をあげてしまいました。

「お母さん！　節子さん！　ついに、ついに飛びました」

「お母さん！　節子さん！　ついに、ついに飛びました」

「お母さん！　節子さん！　ついに、ついに飛びました」

私はこのように何回も叫びました。厳しい訓練の後、皆が次々に単独飛行をし、最後の方でやっと空に飛べたので、かなり重圧があったのかもしれません。それがやっと解放されて、空に羽ばたけたのですから、自分が大好きな人の名前を何回も叫びたくなる心情は簡単に理解できると思います。

昭和十九年四月三十日

田中　清次郎

川野　節子様

初めての単独飛行で私の名前を叫んでくれたのですね。とっても嬉しいです。それにお母さんの名前も叫ぶなんて、やっぱり男の子ですね。男の子はいくら恰好をつけていても、お母さんが大好きなんですね。でもそこに、私の名前を添えつけてくれるなんて、とっても光栄です。私があなたの妻であり、そして、第二のお母さんになってあげたい気持ちです。だって、あなたのお母さんと同じくらいあなたを愛していますから。あなたが初めて単独飛行をしている時に私もあなたの雄姿を見ていたかったな。この工場の鉄と油に囲まれた勤務も少し億劫になってきましたしね。何かで気分転換したいです。

後、武ちゃんから手紙がきました。まだ私の事が好きらしいですよ。でも、あなたと競い合うつもりはないらしいです。今は、すでに新しい女の人と結婚前提に交際している。あの時の告白であなたに負けた以上はきっぱりと諦めるのが、男の生き方と書いてありました。ただ、手紙からは昔に戻りたいなという感情が込められています。私と交際したいという意味では全くありませんよ。童心に戻りたい、何も考えずに綺麗な小川を走り回って、赤とんぼを追いかけて遊びたいという感じです。どうやら、上下関係が強くあり、厳しい鉄拳制裁が溢れている軍隊の水があまり好きそうじゃないように感じます。子供っぽい部分がある人には特に苦痛があるかもしれません。

それに武ちゃんも単独飛行に成功したらしく、あなたのように空に何かをさけんだようですよ。性格もあなたと結構違うので、叫んだ内容も面白かったです。

何だと思いますか？　答えはわかりますか？　もしかしたら、同じ男の子なので、予想がつくかもしれません。叫んだ言葉は三回です。あなたみたいに同じ言葉を三回叫んではいません。正解は・・・・。

「腹減った、白飯食いてぇ！」

「天丼、カツ丼、親子丼」

「焼酎、ビール、日本酒」

彼はこういう言葉を叫んだらしいです。最後に叫んだ言葉をみると、単独飛行をする前に酒でも飲んだかもしれないと思えるような内容ですが、まあそれはないでしょう。

もう、どんどん二人が立派になりすぎて、なんだか私は取り残されたような気持ちになってしまいます。私も男の子に生れていたら、飛行機乗りになりたかったなあ。昔からよく女らしくしなさいと言われていたので、立派な飛行機乗りになれたかも。

昭和十九年五月十六日

川野　節子

田中　清次郎様

あなたの手紙を見て、つい大きな声でとても笑ってしまいました。武ちゃんらしい言葉と思います。まあ、酒はたぶん飲んでないでしょう。もしかしたら、教員や仲間に気づかれない程度に飲んでいたかもしれないですけど。まあ、酒を飲んでいる事が発覚したら、軍隊から追い出されかねないので、そこらへんは彼も心得ている事でしょう。

それと彼が単独飛行に成功した事は私も知っていました。私達二人にほぼ同時期に手紙を書くなんて、そうとうに嬉しかったのでしょうね。ただ、私の手紙には叫んだ言葉は書いていなかったな。

とにかく、私は彼と一緒に成長できて、嬉しいです。子供の時から、お互いにライバルであり、私が彼より勉強ができ、彼が私より運動能力が高いという感じだったのですが、学校もずっと大学まで同じで、ついには兵隊になっても同じ飛行機乗りになるんですから、不思議な運命ですね。これも二人が好きになった女の子があなたである事が原因かもしれません。あなたを中心に不思議な赤い糸が私達三人をつないでいるかもしれません。

そして、その赤い糸の縁あってか、そろそろ日本の戦況悪化があなたに影響しないか心配になってきます。どうやら、アメリカは日本本土を軍人、民間人関係なく爆撃する事によって、日本を降伏させる計画を遂行しているように感じます。もちろん、一番に狙われるのは首都の東京です。東京を焼野原にする事が日本を破滅に導くのに効果的です。数日間の食糧や水の準備、防空壕への非難も含めて、できるだけ、注意をお願いいたします。もちろん、私達の航空隊基地でもできるだけの準備は進めておりますので心配はないです。

田中　清次郎

昭和十九年五月二十九日

川野　節子様

そうですか、日本の戦況はそんなに悪い状況になっているのですね。内地（日本本土）にいる私にとっては、食糧や日用品等の物資不足が目立つだけで、殆ど爆弾が落ちる事もないので、とても平和な感じがします。私は物資不足だけが心配になり、そこから少し戦況悪化を感じるだけで自分の身の危険にまであまり実感が及びません。

軍隊の中ではそんなに危機迫る空気があるのでしょうか？　新聞では日本が米国に勝利した記事で埋め尽くされています。これは果たして本当なのでしょうか？　私達、国民は政府から与えられた情報しか教えられません。私達、国民に教えられている情報は日本大勝利等と誇張されたものなのでしょうか？　それとも誇張ではなく、日本惨敗を大勝利のように報道している完全な嘘なのでしょうか？

私は日本がアメリカに勝つと信じたいので、日本政府の報道を信じています。普通に考えれば、自国政府が国民を完全に騙すなんてとても信じられないです。私達は味方ですよ。私はあなたこそ妙な穿鑿をしているのかなと感じます。

でも、信頼しているあなたがそう感じているんだろうから、私にも一抹の不安を感じます。日本本土は物資がないだけで平和そのものです。夏には蝉がミンミンミンと鳴いていますし、トンボも飛び回っています。水田も秋の収穫にそなえて、農家の方々は忙しいですし、子供達は夏の暑い中を必死に駆け回って、遊んでおります。私が今まで生きてきた日常と変わりがありません。この日常が崩されるのでしょうか？

ただ、まれに見かける程度ですが、戦争で手足がなくなり、顔が砲弾で潰された人を路上で見かける事があります。今回の戦争で負傷し、内地（日本本土）へ帰還された方々と思いますが、頻繁に目にはしないです。とても同情し、心が痛いです。でも、こういうのは戦争をしていたら、どうしても起こる事だと思いますし、それが戦況の悪化につながっているとは考えていないです。

私が純真無垢なだけでしょうか？　私の父母は日本が戦争に勝っていると思っていますし、無敵の大日本帝国が負けるはずもなく、ましてや日本には現人神の天皇陛下がいるのにそんな事は絶対にないと思っています。

私も工場で必死に努力して、兵隊さんが使用する砲弾を製造しているのに、こんなにこんなに毎日、毎日働いて、一生懸命頑張っているのに。私だけじゃないですよ。みんな自分の楽しみや家庭を犠牲にして働いているのに。

ですから、そう考えたい気持ちと現実は違うかもしれないという疑いに挟まれており、気持ちが整理できません。

昭和十九年六月八日

川野　節子

田中　清次郎様

残念ながらついにＢ２９爆撃機による日本本土空襲が始まりました。六月十六日ですが、八幡製鉄所を目標にして成都の基地から出撃したようですが、Ｂ２９爆撃機の航続距離の制限から、東京や大坂という日本を代表する都市には空襲できなかったようです。

昭和十七年に日本本土の初空襲がありましたが、あれ以来は空襲されていないので、非常に衝撃を受けました。戦況悪化についてはミッドウエー海戦における事実上の敗北が緘口令をひかれているにもかかわらず、私達のような新兵にまである程度もれているという事でその悪化は理解できます。

しかし、この空襲は衝撃的でした。まだ日本全土を空襲できるほどの近い領土や海をアメリカが占領していないので、九州北部しか爆撃できない。故に効果は非常に限定的です。ただ、敵が日本本土の海や領土に着実に近づいているのがひしひしと感じとれます。これには私も怖いです。

日本には対抗策はあるのでしょうか？　地球儀で日本とアメリカの大きさを比べた事がありますか？　日本は小さな島国なのに、アメリカは北半球にある大陸のような大きな国です。国の大きさはその国の保有する資源量や住んでいる人口に影響します。アメリカは日本の面積の何倍あるのでしょうか？　単純に考えれば、日本は何倍もある大きな象に向かっていく狼のようなものです。狼は勝てるでしょうか？

政府や軍は国力に差はあっても大和魂があるかぎり、日本はアメリカには負けない。アメリカ人に根性はなく、弱い奴らばかりなので、大和魂が最後に勝つと言っているのは本当なのでしょうか？　日本人に大和魂があれば、アメリカ人にはヤンキー（米国人の俗称）魂があるとは考えないのでしょうか？　もし、国の為に死ぬというヤンキー魂を持ったアメリカ人が同じく、国の為に死ぬという大和魂をもった日本人と同数いるなら、日本人は国力の差を克服する事はできないでしょう。

しかし、もし、日本人が朝鮮人や中国人を差別しないで、同様の権利を与えて、同じアジア人として団結する事ができれば、アメリカに勝つ事ができるかもしれません。

ところが、日本は建前だけでアジア人のアジアを述べているので、中身が伴っていません。こんな建前だけに誰が騙されるでしょうか？　これは朝鮮人や中国人だけじゃありません。新たに統治に加えたフィリピン人やインドネシア人に対しても言える事です。

今、世界は近代合理主義を発明し、誰よりも早く取り入れる事に成功した欧米諸国を中心とする白人に苦しめられています。白人は昔、有色人種の奴隷から得た利益で産業革命に誰よりも早く成功し、今は有色人種の奴隷のような労働者を搾取する事で産業革命の高度化を進めています。

なぜ、日本人はこの白人に搾取された有色人種を解放しようとする名誉と栄光ある地位につこうとしないのでしょうか？　この名誉と栄光ある地位を捨て、白人と同じようになりたいと考えるのでしょうか？　黄色い肌の色や黒い髪や目に劣等感を感じているからでしょうか？　私にはわかりません。

この解放者という名誉と栄光ある地位にいるなら、たとえ、全力を出し尽して、アメリカに負けたとしても、アジア諸国は誰も日本を恨まないでしょうし、蔑む事もないでしょう。皆が、こんなに犠牲を払って助けようとしてくれた日本に感謝と尊敬を忘れないでしょう。

田中　清次郎

昭和十九年六月二十八日

川野　節子様

そうですね。あなたの言う事は理解できます。関東大震災における朝鮮人虐殺事件もそのような差別と偏見の中で起きた事件であり、それが今でも続いているのでしょう。関東大震災が起こった大正と今である昭和十九年も何も変わりないです。それは大日本帝国が成立した明治に遡っても変わらないと思います。

関東大震災が起こった直後に、朝鮮人や共産主義者が井戸に毒を入れたというデマが流れ、官憲や自警団によって殺された中には朝鮮人や共産主義者だけではなく、間違われた中国人や日本人の聾啞者や無政府主義者もいました。

もし、この時、日本人が平和、平等と人権を愛し、法を侵さなければ何も罰せられる事はないと信じる平和な民族であれば、このような悲しい事件は起こっていないはずです。

ただ、世界の一等国となりたい。白人と対等になりたいという意識だけが本音であり、平和を愛しているわけでもなく、人権や平等を尊重しているわけでもなく、強すぎる力への意志の建前としての大東亜共栄圏があるだけです。

それは知っています。当然、私も知っています。でも、私は勝ちたいのです。それはエゴイズムと言われるかもしれません。自己中心的と言われるかも知れません。勝てない戦いを勝てると言い張る強情かもしれません。

しかし、私はあなたを含めて、自分の近くにいる隣人たちが傷つき、倒れる姿を見たくないのです。じゃあ、敵だったら、かまわないのかと思われるかもしれませんが、それも好きではないのです。

心の中は苦しみが溢れています。私が工場で作った弾はアメリカにいる母親が生んだ息子の心臓を貫くでしょう。私も間接的には殺人者です。それでも近くにいる愛すべき人を守りたい。これが人間の本能じゃないのでしょうか？　エゴイズムを否定するが、所詮、人間は自己中心的な動物です。半獣半神というのが人間の真実の姿をあらわしている良い表現と思います。中途半端な神の脳を持ち、中途半端な神の心を持つ動物の人間。それでも私は人間が好きです。時代が進んで、神のような脳と心を持てれば、世界はもっと平和になれますのにね。

ああ、女のくせにまた難しい事を書いちゃいました。あんまりこういう女はこの時代には好まれないのですけれど、いつか女性の私がこう言う事を堂々と言える世の中になってくれたらなあと思います。でも、あなたが私を好きになってお嫁に貰ってくれるので、私は気にしていないです。

昭和十九年七月十三日

川野　節子

田中　清次郎様

私はあなたの小難しい理屈っぽいところが大好きですよ。この時代の女性はそんな事を考えない、言わない方が女性らしいと思われる時が多く、好ましくも考えられますが、私は別ですよ。私が理論好きの学者系の人間ですからね。やっぱり、女性もそういう風でないと話がもたないです。ただ、綺麗なだけで頭が空っぽの人形では何にも面白くない。

その中でも、あなたのそういう理論的な所だけじゃなくて、子供が好きで、料理が得意で、優しい心遣いができる女性を感じる部分も大好きだな。そういった男性的な部分と女性的な部分が見事に混ざりあって魅力を醸し出している人はそんなにはいないと思います。

これはお世辞ではありませんよ。何かを褒めるといつもお世辞を言う人と思われる事がありますが、私が褒めるのは本当に賞賛できる事だけです。しかし、少し褒める程度だなと思う時でも誇張して褒める時もありますので、もしかしたら、そういう性質がお世辞を言っていると思われる原因かもしれません。でも、私は基本的には正直な人間です。感情が出ている表情を隠す事も得意ではありませんし、言葉もそんなに選ぶ方ではないです。それゆえに苦労も多いですけど。

そして、今も苦労しています。飛行機にもだいぶ慣れましたし、上官や古参兵にも嫌われてはいないですが、どうも武ちゃんのように軍隊の水があまり好きではないです。上下関係が絶対なところが好きではない。自分の表情を隠すのではなく、自分の素直な感情をもっと表したいように感じる時も沢山ありますし、言葉も相手を傷つけないかぎりは自分が話したい事を話したい。ワガママな人間と思うかもしれないですが、それが私の本質であります。

敵国から日本を守る為に飛行機乗りの訓練をしてもらえるのは日本人として本当に

有難いものです。私も天皇陛下の為にではなく、父母やあなたのような愛する人を守る為に戦いたいのですから、感謝するのは当然です。しかし、人間の考え方があわないのは辛いです。

私は上下関係よりも対等な関係を望みます。対等な関係からこそ自由が生れるのではないでしょうか、そして、その自由から優れた思想や技術や意見が生れるのではないでしょうかと思います。上下関係が厳しい時は上（政府等）が決めれば、天皇陛下は神であり、日本人以外の朝鮮人等は半人間であり、ましてや、敵国のアメリカ人は家畜にも劣るという意見を訂正する事ができません。

田中　清次郎

昭和十九年七月三十一日

川野　節子様

八月になりましたね。真夏の季節になりました。この季節になると子供の頃にあなたと武ちゃんと三人でよく海に遊びに行った事を思い出します。もちろん、幼かったので父母同伴という感じだったのですが、家族ぐるみの付き合いをしていたので、全く気にはならなかったです。

あなたは海が好きだったので、一人でずっと海の中を浮き輪で浮かんで、空をじっと見つめていましたね。一度海に入ったら、もう、御飯の時間を忘れてもじっと浮かんでいる。どんなに高い波がこようとしても動じない、波の上を浮き輪でどのようにしてやり過ごすかを考えているようでした。

武ちゃんは海には全く興味がなく、ひたすら、海岸で小さな蟹やヤドカリや小魚を取るのが大好きでした。蟹が上手く岩に隠れているのに、器用にそれを捕まえて、持ってきた箱の中に入れていくのは本当に巧妙でした。おまけに隠れている蟹ではなく、素早く動く蟹でも捕まえる事ができるのも印象に残っています。

特にフナムシを捕まえる事ができるのは本当に驚きました。フナムシは私から見れば、とても気持ち悪いし、気持ち悪いだけではなく、あのもの凄い俊敏な動きはどのような虫も勝てないと思います。おまけにいつも群れでいますので、かなりの威圧感があります。海のギャングとでもいいましょうか、人間が近づいた時に蜘蛛の子をちらすような逃げ方も特徴的です。

私は海水が少しだけ届く、砂浜で遊ぶのが好きだったな。あの綺麗な砂浜で海水に流されないような丈夫で綺麗なお城を作るのが好きだった。小さいお城ではすぐに海水に流される、大きなお城はなかなか海水に流されないが、それだけではなく、お城のまわりに壁を作って、海水をお城に入らないように工夫する事が好きでした。

おまけに一部は海水が入るようにして、堀に海水をどのように入れるか考えるのも楽しかったなあ。

最後にあの事件も浮かんできました。私が楽しくお城を作って遊んでいる時に、なんと武ちゃんが後ろから近づいてきて、私の背中にフナムシを数匹、置いていったんですよ。

最初は、私は何か背中の後ろに不思議な動く物がいて、何なんだろうなあという感じだったのですが、私が後ろを振り向いた瞬間に数匹のフナムシが砂に落ちて、更には一匹だけが「オハヨウ」というような顔をして私の腕にのっているのですよ。もちろん、私は「キャー」と叫びました。今では懐かしい思い出です。

川野　節子

昭和十九年八月十六日

田中　清次郎様

そんな事もありましたねえ。あの時のあなたの可愛らしい声を思い出します。男の子は自分が好きになった女の子を少しイジメてやりたいという気持ちがあるものです。自分が興味のない女の子に男の子は無関心です。興味のない女の子にはからかう気持ちもない。武ちゃんがあの頃からあなたが好きなのが明確に表現されていますよ。私もあなたの少しからかわれた「キャー」という愛らしい声を微笑ましく感じながら、思い出しますからね。

後、私は子供の頃から海の中で空を見るのが好きでした。それも空を遠くまで見続けるのが大好きでした。そして、想像力をはばたかせるのです。空の向こうには宇宙があって、宇宙の向こうには何があるのだろうか?

もし、あるのなら、どのような生き物がいて、どんなものを食べて、どんな所に住んで、何を考えて生きているのだろうか、それに人間のような知的生命体がいるのだろうかというのを考えていました。それも海の中、潮風の良い香りと冷たい海水につかりながら、浮き輪でプクプクと浮かんで、考えるのは楽しい事でした。おまけに太陽の暑い中ですからねえ、飽きる事はなかったです。

昼の空を見ていると気持ちが安らぐのですよ。人間はどこから来て、どこに行くのだろうかだとか、どんどんロマンチックな考え方になってきます。昼の空の魅力はあの青さですね。あの青さを見れば見るほど、中に吸い込まれていくような気がします。あの透き通った青の果てはどこに行きつくのかと思うんです。

そして、夜の空の魅力は暗黒の中に輝く、星々の輝きです。星の輝きの傍にある途方もない暗黒、あの暗黒にも吸い込まれるような魅力を感じます。まさにあなたの髪と瞳のようです。

あなたの髪と瞳のような美しい暗黒に囲まれた星々には私達が今、戦っているこのような戦争がいくつ起こっているのかと考えます。あの星々の数だけ、このような醜い戦争が起こっているのかとも考えます。悲惨な死と壊れた建物の瓦礫や涙で溢れかえっている悲惨な光景がいくつあるのでしょうか？

でも、中には戦争がない星があるのではないかなとも思います。高度に文明化され、暴力が忌み嫌われたタブーになっており、それが自分と相容れない他者であったとしてもお互いが相手に譲りながら、仲良くしている優しい文明があるのではないかとも考えてしまいます。お互いが互いの権利を尊重し、相手がどんなに弱くても、暴力よりも法を選ぶ高度な文明があるのではないかと。

昭和十九年八月二十八日

田中　清次郎

川野　節子様

まあ、私の髪と瞳がそんなに魅力的に感じるなんて嬉しいです。これでも他の人からも髪と瞳が綺麗と言われるのがよくあるんですよ。

最近、私に婚約者がいるって知らない男の人から手紙を貰ったのにも髪と瞳がとても綺麗と褒められていました。私的にはあまり自信がなかったんですが、周りの人がそんなに褒めてくれるなんて、少し自信を持ってもいいかなと感じています。

それに、もちろん、その手紙をくれた男の人からの誘いは断りましたよ。私には大切なあなたがいるのですから。あなたを捨てて、違う男の人の元へ行くなんて考えられません。

しかし、その男の人には同情しますね。奥さんと子供に逃げられたようです。それも稼ぎが少ないという理由だけですよ。彼は良く働き、酒もあまり飲まず、博打やタバコにも興味がありません。家にすぐに帰ってきて、家族との温もりの中にいたいだけの人なのに、稼ぎが少ないという理由だけで捨てられたのですよ。

収入は大切な要素ですが、それがすべてではありません。収入にこだわりすぎる人は最後には結婚に失敗すると思います。収入だけでは愛を貫くのはできません。だって、お金があっても嫌いな人と一緒に住む事はできないですもの。

「何、当然だよ」という最近では誰もがあげない声が私の心から聞こえてくる時もありますが、実際には稼ぎを見て、結婚を考える人が多いのが現実です。それはある意味、当然かもしれません。お金がないと生活できないし、少しばかりの贅沢もできないです。子供に立派な教育を受けさせるのもできないです。

しかし、私は違います。今の稼ぎよりも貧乏で楽しい苦労を取ります。愛情があれば、多少の生活苦も楽しいものなのです。白い米がなければ、麦飯を食べれば良いじゃないですか？　白米が殆ど入っていない黒い麦飯でも慣れれば、美味しいものですよ。麦飯じゃなく、イモでも美味しいです。ただし、夫婦の愛や子供への愛、父母の愛等の情愛に包まれている時だけです。

その証拠に、こんなに物資が不足して、何もかもが政府の配給とされているこのような日本でも、私は楽しく暮らしているのですから、いかに人間の幸福は物質だけではないというのがわかります。どんなに美味しい御馳走、どんなに立派で着心地が良い服や靴、どんなに豪華な家に住んでいても、家族の情愛がなければ、空しいものです。

「この稼ぎが少なくて、夫を捨てた女性は何もかもがお金で買えると思っているのでしょうか？」

世の中にはこういう人がよくいる金持ちで孤独な老人になるのでしょう。沢山の不動産、現金、国債等を抱えて、一人孤独で暮らしている老人。豪華な生活の中にも、どうしても隠す事ができない寂しさを抱えた老人。全く今まで話した事がない他人にまるで旧知の親友のようによく話す老人。

私はこのような人達にはなりたくないです。夫の稼ぎは家族が最低限食べていけたら、それほどに関心はありません。富には興味はありますが、それは夫婦二人の苦労の末に手に入れられる物と思います。それにその富は二人の愛情と努力が実った果実として、その果実を少しだけ贅沢に使用するくらいなものです。贅沢にはあんまり興味がありません。

もし、その果実が実らなくて、富を得られなくても、二人が手に手を取って、努力し、苦労した事が重要なのです。これよって、富よりも大切な愛情が深まります。それは富より確実なものです。二人で一緒に人生を苦労して過ごしたという経験が残るのです。この経験は他人である男女を本当の意味で家族にするのです。

実に素晴らしい事じゃないですか！　全く血のつながっていない二人の他人が本当

の家族になるのですよ。これが私の考えです。

私はこの男の人の告白を断りましたが、私はこのような稼ぎが少なくても真面目で家庭的な人が大好きです。こういう人の良さをわからない人が世の中には沢山いるのでしょう。とても残念です。

私はあなたと手をつないでどこまでも苦労を共にしますよ。たとえ、あなたが戦場で手足を失ったとしても、私はあなたを見捨てないです。朝から晩まで働いて、なんとか裁縫や料理であなたを助けます。だって二人は本当の家族。逆にあなたも私と同じ考えに思えます。だって二人は幼馴染ですもの！　あなたの事はよくわかります。

川野　節子

昭和十九年九月十日

田中　清次郎様

そうですとも、もちろん、私もあなたと同じ考えです。子供の時からあなたと一緒にいたので、もはや以心伝心ですよ。あなたの考えている事を私は話さなくても何でもわかります。私が考えている事もあなたはまるわかりです。生れて、幼い時から成人するまで一緒だったじゃないですか、同じ学校に通学し、同じ地域で遊び、食べる物や着る物まで似ている環境で育ってきたのです。あなたの事は何もかもわかりますよ。

それでもはっきり言いたいです。私はあなたがたとえどうなったとしても見捨てはしないでしょう。たとえ、空襲で顔の半分が焼けただれたとしてもです。確かにあなたはとても美しいです。しかし、私はあなたの姿とも婚約していないし、あなたの財産とも婚約していないです。婚約したのはあなたの清らかな優しい心と婚約したのです。どんな事があってもあなたを見捨てないですし、守りぬきたいと思っています。

だから、どんな困難があってもあなたと家族になり、あなたとの子供が成長して立派な大人になるまで生きますよ。私はどんな事があっても死ぬわけにはいきません。私はあなたの清らかな優しい心が泣くのに耐えられないです。私は待ってくれているあなたがいるから幸せです。

しかし、それとは正反対にとにかく稼ぎが少なくて妻に捨てられた男の人が不憫でなりません。なんという性格の悪い女性でしょうか。私の航空隊にもそんな不憫な男性が少しいます。殆どの女性は戦争が終わるまで、なかなか交際できないのを待ってくれますが、中には徴兵検査不合格等の何かの理由で戦争にいっていない男の人を追い回している女性もいます。

私の航空隊にもこんな男がいます。彼はたいそう動物好きで、自分の食べる物の十分の一を必ず野良の子猫にあげたりします。こんな食糧難の時代にですよ。十分の一の量かもしれないけども、今の私達にとっては非常に重要な食糧です。こんな優しい心を持つだけではなく、真面目で仕事熱心です。この仕事熱心なのは軍隊に入っても変わりはなく、だれよりも早く飛行機の操縦技術を身につけていきました。年齢も三十代前半で、私よりも十歳くらい年上です。名前は永田と言います。

おまけに日向ぼっこが大好きで、訓練が休みの日にはいつも日向ぼっこをしながら、子猫に餌をやっております。日向でボーッとしている顔を見るとこの人は本当に軍人なのだろうかとも感じてしまう。草木を見るのも好きですねえ。暑い中でもじっと向日葵を見ている視線には自己満足にしかすぎないですが、向日葵に心の中で話しかけているようにも感じます。

「よくここまで大きくなったな。美しくなったなあ、俺もお前みたいに頑張るからなあ、負けないよ」と話しかけているように感じます。実際に私が聞いたのではなく、想像ですけれども。

　こんな良い人が妻に捨てられた理由は「優しいだけの刺激のない男は嫌いだから」というのだから、世の中は全くおかしいですねえ。確かに異性から見れば、悪の魅力はわからない事はないですが、それだけでも無いでしょうと思います。優しいだけの刺激のない異性は、それなりの心の安らぎを与えてくれるのにとも思います。

　後、今月まで土浦海軍航空隊にいますが、来月で筑波海軍航空隊に移動になります。そこで戦闘機に乗るための本格的な訓練にうつる事になります。実に楽しみです。戦闘機が飛行機の中で一番花形ですからね。

昭和十九年九月三十日

田中　清次郎

川野　節子様

戦闘機の本格的な訓練をされるのですね。頼もしいです。もし、私が住んでいる東京の町が爆撃されたら守ってくださいね。あなたが東京の空を守ってくれるなら、私はもし、敵の戦闘機が夜に空襲しに来ても、安心してゆっくり寝られますよ。それだけ、あなた達のような大日本帝国の優秀な兵隊さんを信頼しています。

もう一つはあなたの技術に私の命だけではなく、多くの東京都民の命がかかっている事を常に思い浮かべていてください。敵の爆弾は兵隊や非戦闘員の国民を区別する事はないです。大人も子供も皆殺しにされてしまいます。もし、あなたが、敵の爆撃機を一機見逃せば、千人の市民の命が犠牲になってしまうかもしれないのです。

それと矛盾する事ですが、決して無理はなさらないでくださいね。もし、あなたが義務を果たす必要から、死ぬことになれば、私は今後、生きていく理由が見つからないです。それに生きたくないです。あなたの父母よりも私が一番悲しむかもしれません。だから、無理しないでくださいね。命を大切にしてくださいね。そして、一生懸命に訓練に励んでください。

私もこの工場であなた達、兵隊さんを助ける為に一生懸命に働いております。どんなに安い賃金でも、過酷な長時間労働でも私は決して不満を言う事はないです。こんな私達の苦労は最前線の兵隊さん達にとっては大きな物ではないですからね。特に陸軍の兵隊さんには頭が下がります。補給途絶による飢餓、現地の伝染病、敵の圧倒的火力にも悩まされつつも死ぬ覚悟で戦っているのですからね。私がワガママを言うわけにはいきません。

ここの工場でも賃金が低い、労働時間が長いという不平を言う人が少しはいますが、そのような人は自分の苦労だけが世の中にあると思っている人達です。日本には自分の苦労だけがあって、それが本当に苦しくて、辛くて、それ以外には何もないと思う自己中心的な人達です。私はそういう人達にはなりたくないです。だから、文句は言いません。私より苦労している兵隊さんは沢山いるのですから、その兵隊さんのできるだけの助けになりたい、そのためには手の豆ができても、銃弾を作り続けますし、手の豆がやぶれても、砲弾を作り続けます。その兵隊さん達が少しでも生きて帰って来るのを望んでいますから、その手助けができるなら、できる事は何でもするつもりです。

もし、政府が望み、最低限の食糧や衣服等の物資が無償で配給されるなら、私は賃金がなくてもかまわないです。毎日、イモだけの食事でも気にならないです。衣服も乞食同然でかまいません。裸さえ見えなければ良いです。冬も暖房器具がなくても寒くはないです。家族と布団にくるまっていれば、自然と温まります。どんな質素な暮らしの中でも幸せは見つけられます。私は日本国民の命が守られるなら、死以外の自己犠牲はほぼ受け入れます。でも、死だけはどうしても受け入れられない。生きて、あなたと幸せになりたい。顔の半分が空襲で焼けただれてもよいです。私は気にならない。それで、幽霊だとか、化物と言われて、子供に石を毎日、投げられても生きていく事ができます。それはそんな姿でもあなたは私を見捨てる事がないと自信を持って言えるからです。そんな姿でも、あなたは私を愛してくれる唯一の男の人です。どんな綺麗事を言っても、あなた以外にそういう姿になった私を愛してくれる人はいないです。あなたとは幼い時から家族同然に付き合い、その中で自然と男女の愛情が芽生えました。それも時間をかけて育まれていきました。私はあなたしかいないのです。

川野　節子

昭和十九年十月五日

田中　清次郎様

確かに私はあなたがそのような醜い姿になっても見捨てる事はないです。しかし、あなたは悲観的すぎます。あなたはたとえ顔が半分焼けただれてもあなたの事を愛してくれる人は必ずいます。あなたの父母や武ちゃんはあなたがそのような姿になっても、私と同じように決して見捨てる事はないです。私と同等にあなたを愛するでしょう。

それに善良な見ず知らずの国民もです。人を姿で判断し、虐めるようなつまらない人間は沢山います。ですが、世の中はそんな人ばかりではありません。私が尋常小学校の時でしたが、頭に膿がたまったカサブタが沢山ついた女の子がいました。もちろん、そのような皮膚病なので頭は丸坊主です。女の子に特有の美しい黒髪はありません。でも、性格は本当に良い子でした。私が鉛筆を忘れた時には自分が使いにくい短い鉛筆を使用し、私には長い鉛筆を貸してくれるような女の子でした。

しかし、世の中には悪ガキがいるのが常であり、そういう醜い女の子を虐めようとする。おまけに一人じゃない、数人、否、十数人で虐める。学校にいる時だけではなく、下校する時にもついてくる。その女の子に小石を投げながら、汚い言葉を投げつけてくる。

「化物め、学校に来るな！」

「妖怪め、早く死ね！」

「汚い、気持ち悪い。あっちいけ！」

このようなとても人に対して言う言葉ではない。悪魔が言うような言葉を投げかけてくる。この男の悪ガキ達も小学校のかなり幼い時であるので、このような言葉を言っているだけかもしれないです。少し大人になれば、このような言葉は恥の塊のような言葉で思い出しただけで、罪悪感の気持ちがいっぱいになります。

しかし、世の中はそんなにすてたものじゃない。こんな悪ガキを止めようとする正義の子供がいる。どんな時にでも、悪がいる時には善があります。まあ、この事件の顛末は最後、正義の女子小学生が教師に告げ口して、男の悪ガキ達は怖い男性教師に拳骨されて終わりました。こんな例があるように人は容姿だけがすべてではないですよ。綺麗な女性でも性格が悪ければ、男は交際しても、結婚までには警戒心をしめしますしね。

後、十月二十一日に神風特別攻撃隊の初出撃が行われました。新聞には号外がでていたので、あなたも知っていらっしゃると思います。二十五日にアメリカの護衛空母を損傷させ、大きな戦果をあげましたが、日本はここまで追い込まれているという事でしょうか？　こんなやり方はとても納得できる方法ではありません。ここまでしなければ、アメリカには勝てないという事なのでしょうか？　私はそんな勝利は欲しくはないです。特攻隊員にも家族がいます。愛情でつながった父母、兄弟がいます。恋人や友人もいます。人間を感情のない機械とでも思っているのでしょうか？　兵隊は皆、戦場に出撃する時は命をかけています。死んでも仕方がないと思っています。しかし、それでも、少しは生きて帰れる希望を感じて、戦争に行くのです。十死零生で行くのではありません。このような非人道的な事をしても、作戦に参加した兵隊を軍神と祭りあげて、ほめちぎるのはあまりにも残酷すぎて吐き気がします。日本はこのような軍神をまた沢山作り出すのでしょうか？　偽りの名誉によって、残酷さを隠して、使い捨ての戦争の機械を作り出すのでしょうか？　私には耐えられません。

田中　清次郎

昭和十九年十月二十九日

川野　節子様

たとえ、私が顔の半分が焼けただれても人としては父母や武ちゃんは私を愛してくれます。彼らは私の姿も愛してはくれていますが、それ以上に、私の心を愛してくれております。私がどんな姿になっても関係ないです。

しかし、顔の半分が焼けただれれば、武ちゃんですら、私を女としては愛してはくれないでしょう。私と話はしてくれるし、慰めてもくれますが、私を女として抱いてくれる事はまずないと思います。武ちゃんですら、そのような感じなのに、他の男の人が私を女として相手にしてくれる事はまずありません。

大概の男は同情と嫌悪が入り混じった感情で私の顔を見るでしょう。救いがたい地獄に落ちた女に与える同情と汚くて醜い顔をした女に対する嫌悪を同時に感じるでしょう。それは両方とも人間の本質であります。

その結果、同情して、私とだけ一緒にいる時には話しかけてくれるけれども、見ず知らずの誰かといる時は、完全無視、もしくは心の中で妖怪扱いというような感じでしょう。人間の美に関する憧憬はこれほど強いものなのです。妖怪の顔をした女が人間扱いされるでしょうか？　そんなものされるわけがない。

同性の女性の中でも私を人間として扱ってくれなくなる人は沢山いると思います。今まで、仲良く会話をし、一緒にお昼にお弁当を食べていた仲間も何人かは離れていくでしょう。すべての今までの友情がまるで夢のように感じるのが現実でしょうね。醜を嫌うのは人間の本能ですからね。

でも、同情しながら、距離を置くのが大人の人間行動として最も一般的かもしれませんね。醜を嫌いつつも、人間としての同情心が本能として組み込まれていますからね。しかし、幼い子供は違いますよ。同情心よりも、無邪気な残酷性が出ます。テントウムシを靴で踏みつぶして遊ぶのと同じ事です。

でもね、ただはっきり言える事、あなたは違います。あなたは男の人にはとても珍しいタイプです。私の容姿にだけではなく、私の心に女性としての欲求を求められます。私の顔が半分焼けただれても、私には優しくしてくれて、女として抱いてくれます。あなたは私の顔だけではなく、私の持っている雰囲気や声の質、優しさ等のあらゆる部分を好きになってくれています。これは女として最高に嬉しいです。

あなたは本当に特別な人です。武ちゃんですら、同情してくれるし、変わりなく友人として扱ってくれますが、決して私を女として好きにはなってくれない。幼馴染で小さい子供の時から恋心を抱いても、結局は、女としては相手にされない。

だからこそ私はあなたを選んだのです。あなたは私のすべてを好きになってくれています。顔が半分どころか、全部焼けただれても、私への扱いは何も変わらないでしょう。私はあなたにとっていつまでも女です。女として生きる事ができるのです。

そのあなたの私への行動は同情心からではありません。あなたの本質からです。その本質は言葉では説明する事がなかなか難しいです。あえて言うなら、生れてきたばかりの幼い子犬が、誰からも教えられていないのに母犬の乳を吸うように行動するのと似たような感覚です。神風特別攻撃隊のようにほぼ強制されるようなものではありません。ごくごく、自然な行動で、見ていて気持ちの良いものです。

神風とでましたが、私も神風特別攻撃隊は新聞の号外で知りました。はっきり言って記事を読んでいても気持ちの良いものではありません。天皇陛下は本当にこのような行動を奨励なさっているのでしょうか？　賢明で教養があり、伝統で培った品の良さを持っている陛下がこのような事がなされているのに何も御心が痛まないのでしょうか？　もし、御心が痛まなければ、人間失格ですし、現人神も失格です。

こんな非道な行為は陛下の任命した指揮官が戦争に勝つ為、自己の体面を保つ為に好き勝手に命令しているとしか思えません。そして、たとえそうではなくてもそう信じたいのです。だって、私達は子供の時から陛下は神聖であると教えられてきたので、それが期待や幻想であってほしくないのです。

もし、少しでも罪悪感があるなら、陛下によって、直ちにこの残虐非道で人間を人間とも思わない行為を止めてほしいです。軍人は陛下に絶対の忠誠を誓っています。陛下が本当に決意を持って、命令をするならば、この自爆攻撃という暴挙をすぐにやめさせられます。こういう時こそ、いつも立憲君主制を守り、政治に関与しない陛下が動く時ではないのでしょうかと思います。

昭和十九年十一月七日

川野　節子

田中　清次郎様

とうとう十一月二十四日、東京に敵の爆撃機が侵入し、空爆が始まりました。空爆と言っても、木造建築が多い日本の家屋に普通の爆弾は使用しません。火が木材建築に効果的に広がり、家と人間を徹底的に焼き殺す為に焼夷弾が使用されています。敵もよく考えたものです。

この焼夷弾によってつけられた火は現在の日本の消防隊の力ではなかなか消火できません。消防隊で消火できないのに、一般人は更に殆ど何もする事ができないです。このような火に着火された日本国民はその火を消せずに全身火だるまになって死ぬはめになります。なんという残酷な兵器なのでしょうか。生きたまま焼き殺されるなんて、とても考えられません。

しかし、今回の空襲の規模はそんなに大きくはなかったので、助かりました。敵は時間が経って、準備がすすめば、すすむほど大規模な爆撃をしてくるでしょう。現在は戦闘機が日本にはある程度、戦える量があるので、迎撃にもでられますし、被害をある程度防ぐ事ができますが、今後はどうなるかはさっぱりわかりません。高射砲もありますが、性能は不足しており、レーダーも良くない事から、頼りになるかどうかもわかりません。

もし、敵の準備が整い、低空飛行で大量の爆撃機やそれを護衛する戦闘機で乗り込んできたのならば、東京は焼け野原になるでしょう。それが明日とは言わないまでも、数カ月先に迫っている事は理解しておいてください。後、焼夷弾の火を決して侮ってはいけません。一度、着火すると終わりです。逃げる時には焼夷弾の火を直に浴びないようにとても注意してください。

ああ、歯がゆいです。私も戦闘機乗りとして訓練している身なので、早く敵と戦いたいです。こんな場所でただ訓練に甘んじている日々とサヨナラしたいです。東京を焼け野原にして、武器を持たない日本国民を大量虐殺しようとしている鬼畜米英と戦いたいです。本音は上官の敵護衛戦闘機がいる可能性もあるので、今は駄目だという命令を無視して、出撃したい。ですが、軍規違反となり、そんなわけにはいかないです。

しかし、上官がなぜ敵の爆撃機を迎撃にいかせてくれないかの意味もよくわかります。もし、敵護衛戦闘機がいるなら、現状では敵戦闘機は日本の戦闘機数をはるかに凌いでおり、訓練中で実戦経験のない素人の私達が出撃しても簡単に撃墜されるだけです。はっきり言って無駄死にです。そんな事は分かっています。しかし、私は人の命を助けられる機会があるのに助けに行けない事が本当に辛いのです。もし、私が零戦で迎撃に出て、運よく一機でも墜落させる事ができたなら、最低でも十数人の命は助けられるかもしれません。その十数人の中には生まれたての可愛い赤ん坊やその母親が沢山いるかもしれません。それでも助けに行けないのです。自分の力のなさに嫌気がさします。早く、訓練が終わって、実戦経験を積んで、敵機を迎撃にいきたいという気持ちが強いですが、今は我慢する事しかできません。

それと日本の戦闘機は攻撃重視であり、弾があたれば、すぐに墜落してしまう事が多いです。それに対して、アメリカの戦闘機は防御にも力を注いでおり、なかなかに墜落はしないらしいです。そういう部分にも日米の国力があらわれています。アメリカは人命を尊重できるほど、国力に余裕があるのでしょう。あるからこそ、なかなかに熟練パイロットが死なずにすみます。日本は熟練パイロットがマッチ棒のような使い捨てです。人材の質にも更に差がでてきています。

昭和十九年十一月二十八日

田中　清次郎

川野　節子様

東京への空襲がはじまりましたね。本当に十一月二十四日は怖かったです。今までは日本本土は敵の攻撃を殆ど受けた事がないので、戦争をしているというような感覚があまりなかったですが、今回は本当に恐怖を感じました。

それにあの時の人々の混乱した状況といえば、凄かったです。まさにパニックでした。日本本土が空襲された事はありましたが、まさか首都である東京まで空襲されるとは思っていなかったのでしょうね。皆は何も大切な物を手にとる事もなく、ただひたすら防空壕に逃げるだけで、防空壕でひたすら不安になってふさぎこむ事くらいしかできなかったです。まあ、そんな事を言っている私ですが、私も手に取る物も手に取らず、防空壕に急いで逃げただけですからね。

とにかく、私が住んでいる地域は殆ど被害がなく、心理的な面だけの影響しかなかったのですが、あの空襲警報の大きなブザー音は、緊張を一気に膨らませます。まあ、緊張感が高まるような音が採用されているのは仕方がない事なのですがね。それにしても、規模が大きくなくて良かったです。今後は空襲の規模も犠牲者も多くなるでしょう。もう暗い話ばかりで嫌になります。

でも、明るい話も最近あるのですよ。あなたも知っている人の事なんですが、なんと私の友人である武田和子（旧姓、榎本和子）に赤ちゃんが生れたんですよ。本当にめでたい事です。

彼女は知っているとおり、十代前半からの友人であり、ここ暫く、一、二年は音信不通であって、どうしているのかなあと不安になっていたのですが、消息を知る事ができて本当に良かったです。それに、まさか彼女が私の家に直接訪ねて来ると思いもしなかったです。私もこのまま疎遠になって、友人としての関係も続かないのかなあと残念に思っていたくらいですからね。

どうやら、結婚をして、大坂のほうに今は住んでいるらしいです。なぜ、結婚した事を教えてくれなかったのと問いただしてみたんですが、暫く疎遠だった事もあって、言い出せなかったようです。

彼女は子供の時から恥ずかしがりで引っ込み思案だったので、彼女らしいなあと思いますが、私としてはもっとはっきり教えて欲しかったです。だって、彼女の事が好きですし、疎遠にはなりたくないと思っていましたからね。

赤ちゃんは男の子らしいです。私を訪ねてきてくれた時も連れてきてくれました。どうやら生後六カ月くらいらしいです。小さい歯がやっとはえてきたらしくて、離乳食も始まっているようです。見ていると手がプニプニしていて、おまけに短いし、頬も足もむっちり肉がついていて、とても可愛らしいです。

おまけになんと肌のみずみずしい事でしょうか、とても羨ましく感じます。私も若いのですが、普通に若いだけの私なんかよりもやっぱり赤ちゃんの肌の方がはるかに綺麗なように感じます。おまけに人見知りもするんですよ。とても可愛らしいです。私の顔を見て、最初は大きな声をあげて泣いていたのですが、一時間もするとどうやら慣れてきたようで、笑顔が増えてきました。最後には私が手を振ると、笑顔で返事するようになってくれました。なんと愛らしい事でしょうか。

父親はどんな人かを聞きましたが、今は中国の方に兵士として出征しているらしいです。だから、全然会えなくて、とても寂しいとの事。まさしく、私達と一緒です。世の中にはこのような男女がどれだけ沢山いるのでしょうかねえ。悲しい事です。

戦争に行く前には何の仕事をしていたのかを聞きましたが、たぶん、農業に従事している人だろうなあと思っていたんですが、違うらしいです。なんと、職業は銀行員という事です。どうやってそんな人と出会えたんでしょうか。この金持ちでもない娘はとても素晴らしい幸運の持ち主です。普通の人はただの農民として、夏の暑い中で働いているのに、机で仕事ができるとは羨ましい限りです。サラリーマンは皆の憧れの仕事だから、他の女性にも誘惑されるんじゃないと聞いたんですが、心は清いのに顔はあまり良くないので大丈夫だという事です。

まあ、なんと和子は率直な女性なのでしょうかと思います。心が清いので浮気はしないとだけ答えておけば良いのに、顔が悪いというのは余計な一言です。ただし、とても面白かったですけどね。とりあえず、有意義な一日を過ごして、楽しかったです。後、年末年始は実家に帰れますか？　とても会いたいです。

昭和十九年十二月八日

川野　節子

田中　清次郎様

久しぶりに和子という名前を聞きました。とても懐かしいです。あの人見知りがちな、おとなしい和子がとうとう結婚したんですね。時間がすぎるのはとても早いものだと実感します。それにしても、あの和子が母親になっているとはとても信じられないです。もう、私と和子は五年以上会っていないように思います。名前を聞いて、記憶から蘇ったくらいですからね。

子供の時の事を思い出します。あれは私が十二歳くらいの時だったかなあ、彼女と私とあなたで映画を見に行った時の事だったと思います。彼女が私と必死に手をつないで歩こうとするものですから、あなたがムスッとふくれて仕方がなかったのが、今、懐かしく思い出されます。

とにもかくにも、とてもめでたい事です。これで戦争がなければ、父親と一緒に平和に暮らせるのですが、世の中はそんなには上手くいかないですね。私としては早く戦争が終わって、五体満足に父親に帰って来てほしいと思います。私達の家庭と一緒に仲良く付き合える日が来るとよいですね。

それにしても、父親が銀行員とはとても驚きました。まさしくエリートじゃないですか。この農民が多い日本で珍しいかぎりです。顔が悪いというのは余計な一言ですが、それでもエリートコースには間違いないです。私もこの戦争が終われば、銀行員を目指しましょうかとも思います。昔、少し、飯屋で働いていた事があるのですが、昼飯はいつもタダで食べられる賄いがあるので、食べるのには困らなかったです。これと同じように銀行はお金を扱う仕事なので、お金には困らないものなのかなあと感じます。高給っていう話もよく聞きますしね。いずれにせよ、大学卒業の肩書があれば、銀行員も十分に選択肢にはいるので一応、考えの中には入れときます。

その他にも、戦争が終わった後には教師もいいかもしれません。私はとても子供が好きですからね。自分の人生経験の中から、どのようにしたら真、善、美にかなった生き方ができるかを教えてみたいです。その前に私の道徳をもっと磨きたいですがね。こんな偉そうな事を言っても、まだまだ知識も経験も足りないですし、感情を調整するのも下手ですから、人生経験も積まなければならないです。それにこの戦争の経験も役に立つような気もします。

他にもなりたいものがあります。政治学者になりたいです。なぜ、このような醜い戦争が起こったのかを徹底的に究明したいです。究明して、今後、このような醜い戦争が絶対に起こらないようにしたい。何千万人の人々が醜い殺し合いをし、家を破壊され、難民となって世界をさまようような事がないようにしたいと心から強く思います。

その為にはどんな国際法が必要か、どのような世界機関が必要か、どのような習慣や国民性が必要かを研究したいです。私は元から学究肌の人間ですから、こう言う事は得意な方と思います。

後、年末年始はなんとか実家に帰れるようにとりはかれそうです。約一年間、故郷に帰る事ができなかったので、上官が私の事を憐れんでくださいました。私もこの日本が勝てるかどうかの瀬戸際の中で、故郷に帰りたいと上官には言いづらかったのですが、その事を上官が察してくれて、「故郷に帰って、元気をもらって来い」と言われました。なんと嬉しい事でしょうか！　おまけに餞別のカステラまでいただきました。とても素晴らしい方です。

本当に久しぶりにあなたの姿を見る事になります。ほぼ一年ぶりですね、私はこの精神的に成長した姿をあなたに見せたいです。辛い軍隊生活で学生時代とは比べ物にならないくらいの強い精神力を身につけたつもりです。自己満足かもしれないですがね（笑）。
　おまけに私のこの筋骨隆々になった体も見ていただきたいと思います。学生時代は少し肉付きの良いニンジンのような体をしていたんですが、今や戦闘機乗りとしての訓練の為にポパイ（アメリカの漫画のキャラ）のように力強い体をしております。体は昔の大きさのままなので、服を着ているとその姿はよくわからないですが、服を脱ぐと、全然に違いますよ。来年には戦闘機乗りとして本格的に敵と戦えると教えられていますので、とても楽しみです。今まで、空襲して、日本国民を殺し放題の敵兵に正義の制裁を加えてやります。
　　昭和十九年十二月十五日
田中　清次郎
川野　節子様

久しぶりに会いましたね、本当にほぼ一年ぶりです。私はあなたのがっしりした筋肉も見て、とても頼もしく、期待もしておりますが、やっぱり昔のあなたのままだったのがとても嬉しかったです。本当に私はあなたが兵隊の訓練で人格が変わってしまったのではないかと心配していたものですからね。

手紙を見ているからには昔のあなたと変わらない空気を醸し出しているのですが、噂によると兵隊になるとその過酷な環境で人格そのものが変化して別人のようになると聞いています。ですから、手紙では大丈夫と感じていても、やっぱりどことなく心配でした。

しかし、実際にあなたと久しぶりに会ってみると、全くあなたのままじゃないですか！　優しくて、真面目で不器用なあなたのままです。それに多少の筋肉がついて大人の顔になった感じがしただけです。

私が好きになったあなたが変わっていなくて良かった。もし、あなたが変わってしまっていたら、本当に私はあなたをこのまま好きでいられるかは自信がなかった。そうはいっても、昔からの情もあるのですぐには別れないと思うけど、ずっと続く自信もなかったなあ。ただ、命をかけて日本の為に戦っているのにここで私が別れ話をきりだしたら、あまりにもあなたが不憫なので、戦争が終わるまでは別れ話は言わなかったと思います。それが優しさだと思いますからね。

とりあえず、本当に取り越し苦労で良かったです。私はあなたがますます好きになりました。根本は殆ど変わっていなかった上に、大人の空気が僅かながらも出てきていますから。その大人の空気というのは具体的には苦労の上に作られた気遣い、我慢強さ、家族や友人への感謝の気持ちと言えるものでしょうか。子供らしい傲慢さやワガママさが無くなってきていると思います。極端にいえば、欲しいおもちゃを買ってもらえなくて、泣いている子供が、それを我慢して、それを買う事ができない母親に笑顔で何も言わないとでもいうのでしょうか、そういった変化に私はとても嬉しく感じます。

後、久しぶりに武ちゃんと三人であえたのがとても嬉しかったです。武ちゃんも昔と何も変わっていません。あなたへの少しからかいじみた態度も同じままです。でも武ちゃんもあなたと同じような変化をしているのに少しびっくりしました。兵隊という職業はやっぱり、閉鎖的な空間で肉体的な訓練と、人間関係をこなすので、みんな辛抱強くなって、大切な人への有難みをより良く感じるように思えます。

正月には三人で初詣に行きましたが、あなたは何を願いましたか？ 私はあんまり願い事を何個もする事は良くないとは知っていましたが、大切なお願いなんで何個もついしてしまいます。本当はいけない事ですが、神様も毎日、私が頑張っているんで許してくださると思います。

まずは最初にあなたと武ちゃんが戦争から生きて帰ってくる事です。これは絶対にはずす事ができない一番のお願いです。私にとってあなたと武ちゃんは子供の時からずっと大切な人ですからね。二人がいない世の中なんて考えられない。

次には、御飯をお腹いっぱいに食べられるような世の中になってほしいと願いました。本当に配給で何とか食べられるだけの食生活をしているんで、なかなか肉や魚にありつくことができないのが現状です。私はあんまり食べる方ではないのですが、育ち盛りの弟達を見ると本当に可哀そうでたまりません。こういう小さな子供達がすくすくと安心して、成長できる世の中になって欲しいと思います。

最後に、戦争が早く終わって欲しいとお願いしました。できれば、戦争に勝利して、終わって欲しいですが、それよりも日本もアメリカも、それだけではなく、ドイツ、ソ連、イギリスも、その他の交戦国全部含めて、できるだけ少ない犠牲ですぐにでも終わって欲しいと願いました。どの国の兵隊さんにも愛する家族や恋人、友人がいますからね。命は尊いものです。

何はともあれ、三つも願ってしまいました。なんて欲張りな女と神様は思って、呆れかえっていると思います。でも、金持ちになりたいとか、美人になりたいとか、そういうような願いじゃなくて、純粋な願いなので、神様もお許しになってくださるでしょう。あなたは何をお願いしましたか？　私のように欲張り屋さんなのでしょうか？　気になります。

昭和二十年一月十三日

川野　節子

田中　清次郎様

私も願い事はしましたよ。でもあまり欲がありすぎると、神様が願いを叶えてくれないと思いますので、願いはたった一つです。それは愛する人達と平和に暮らせるようにというお願いです。

自分の事しか願っていないので、自己中心的な人間と思われるかもしれませんが、私も他人を助けたいと思う気持ちはありますが、今はそんな余裕はありません。自分が生きるだけで手一杯です。自分が明日死ぬかどうかわからない中で、他人に優しくしたい気持ちは強いですが、そこまでですると頭が混乱状態になり、何をして良いのかわからなくなるので、自分の事を願いました。あなたの場合は願いが複数あっても純粋な優しい願いなので、神様も大目に見てくれるでしょう。

とにかく不安な気持ちでいっぱいです。そろそろ、上官からは実戦に出るので覚悟しとけよと言われるのですが、私は生きて帰れるのでしょうか？　初めての実戦なので緊張するのは当然なのですが、聞いたところ、飛行機乗りで戦死した兵隊は遺体が出てこない事が多く、当然、葬式も遺体の代わりに遺品を使用するらしいです。なんて悲しい最後でしょうか！　飛行機乗りは墜落の際はガソリンが引火して、火だるまになったり、海や土に衝突したりで、遺体の損傷が激しく、遺体も見つからないと聞かされるにいたって、少しだけ怖くなってきました。

しかし、実戦に出られるのは今まで苦労して訓練してきたので、その苦労の成果である技術を試したいという気持ちも強くあります。私はどれだけ実戦で戦えるのでしょうか？　罪もなく、武器も持たない日本国民を焼夷弾で皆殺しにしようとする悪魔の敵機を何機撃墜する事ができるのでしょうかとも思います。

良く聞く話としては初戦で生き残った兵隊はだいぶ長生きできるらしいです。つまりは裏返すと初戦は非常に死にやすいので、それを乗り切ればなんとかなるという事です。私は初陣を乗り切る事ができるのでしょうか？

甘えたかもしれませんが、あなたが私の事を強く祈ってくれれば、乗り越えられるような気がします。こういう弱っている時は愛している人の愛を受けたいのです。私の不安な気持ちを何とかしてくれる人の優しい気持ちが欲しいのです。私は勇敢な気持ちがありながらも、死ぬのが怖いです。こんな弱い男かもしれないが、誰か愛してくれる人がいるという事だけで支えになるのです。

私達の同期の飛行機乗りもやっぱりみんな同じような気持ちですね。自分の力を試したいが、実戦が怖いという感じです。ある人は神社で身体安全のお守りを三つも買って、肌身離さず身に付けていたりします。それに、恋人の手紙をお守り代わりとして持っている人や母親の手紙を身に付けて、離さない人もいます。

ただ、少し気になる所があるのは、上官が実戦に出すというのですが、実戦に乗る戦闘機がそんなにあるのかという事です。日本の工業力は高くありません、戦闘機を一度、破壊されるとアメリカのように簡単に補充はできません。おまけに本土決戦の為に特攻攻撃用の戦闘機を温存し、空襲の迎撃には出さない計画もあるという噂も聞きます。今のこのような状況で私達、新兵が乗れる戦闘機が何機あるのでしょうか？

実際に戦闘機で出撃していくのはベテラン兵士中心です。それに飛行場にはその戦闘機すらあまり見当たらないような状況になっています。上官は補充の戦闘機がいつかくるので心配はないというのですが、本当なのでしょうか？　私にはわかりません。

もしかしたら、実戦を経験せずに、このまま終わるのではないか、命が助かるのではないかというやましい気持ちも少しは出てきます。兵隊のみんなが死んでいっているのに、私だけ助かるのは非常に申し訳ない気持ちもあります。しかし、人間は誰だって本能的に自分の命を守る動物です。誰だって、ガソリンが引火して焼け死ぬ事や墜落して、海の藻屑と消えるのは好まないものです。
ただ、これだけ多数の兵隊が日本の為に死んでいるのに、自分だけが結局、出撃せずに死なずにすむという事にも罪悪感があります。もし、出撃して、命を賭けた戦闘を敵機とくりひろげて、それでも命が助かったなら、死んだ兵隊に死線をくぐりぬけて、助かった命なので、顔向けできます。私も命の取引をして、なんとか生きて帰ってきたと胸をはっていう事ができます。しかし、このまま出撃せずに殆ど何もしないままに生き残る事は卑怯者で、道徳的に許せないと考えます。ですが、このまま出撃せずに命を助かりたいという臆病な気持ちもあります。人間ってワガママですね。

田中　清次郎

昭和二十年一月三十日

川野　節子様

あなたは卑怯者ではありませんよ。こういう物は運命なのですよ。特攻用の戦闘機温存は怖い噂ですが、真相は不明です。それにあなたが戦闘機を作るのではありません。多数の日本国民が必死で戦闘機を作っているのです。もちろん、それに乗る優先順位は戦闘経験の深い飛行機乗りからです。あなたに都合よくはいきません。

それで出撃せずに生き残ったら、これこそ運命ではないでしょうかと私は思います。あなたは戦闘から逃げたわけではありません。日本の工業力の低さが戦闘機を用意できなかっただけです。それで生き残ったとしても、死んでいった日本の兵隊さん達はなんとも思わないですよ。運命がより良い方に転んだとしか感じないです。

まあ、私としてはその方が嬉しいですけどね。好きな人が死んでほしくはないですし、怪我もしてほしくはないです。卑怯者は大嫌いですが、このような運命の変転で生き残るのは何も問題があるとは感じないです。

でも、これとは真逆の事なんですが、女性なのでお姫様願望があります。私達、女性が暗闇の中で、敵機の爆撃音が聞こえる怖い夜におびえている時、白馬のような真っ白の戦闘機が突如としてやってきます。それが、敵機を次々に落していく様子になにか守られている感がして、心がときめいたりします。

そして、その私達を皆殺しにしようとして、焼夷弾だけではなく、わざわざ、近くまで来て、一般市民を機銃で何人も狙い撃ちをして喜んで帰っていく米軍機を何機も叩き落す凄腕の飛行機乗り、その戦闘機は弾丸のように早く、蠅のように機敏な動きをして、誰にも狙えない。皆がその戦闘機乗りは誰なんだろうと思う。果たして、その戦闘機乗りは、鬼人か悪魔かというかんじですね。

その悪魔のような戦闘機がとうとう燃料切れの為に、近くの空き地に降りてきた。それは誰なんだ！　皆が注目する、私達の命を助けてくれたのは誰なんだと。その戦闘機のパイロットが降りてくるとあなただったというとんでもない想像をして喜んでいたりする乙女がここにいます。私は馬鹿なのでしょうか？

馬鹿かもしれません。でもそれで良いと思っています、だって、空想程、面白い遊びはないと思っていますからね。あなたには出撃して欲しくないけれど、白馬のような白い戦闘機の王子様でいてほしいというこの気持ちは自分から見てもなんと滑稽なのでしょうかとも感じます。

現実は辛いですからね。楽しい事は少しだけ、後は厳しい軍需工場での労働が待っています。殆ど考える事がなく、単純作業の繰り返し、それも十数時間にわたってですよ。若い乙女がその気晴らしの為に少しくらい馬鹿な夢を見ても良いではありませんか？　私だって人間ですからね。

最近は、いつ空襲があるのかと思うとビクビクして暮らしています。少し前までは内地という日本本土は絶対に安全な場所と思っていましたが、どうやら、その絶対というのは思い込みのようでした。ついに日本本土も戦場になってしまったのですね。まだ、米国の爆撃機が襲ってくるだけですから、防空壕に早く逃げ込めば、なんとか自分の身を守られますが、本当に敵兵が上陸してきたら、どうなる事やらと思います。その時は私達のような女子も竹槍を持って戦わなければならないのでしょうか？　とても怖いです。

でも、とりあえず今はそこまで考える事はないですね。心配しすぎです。まだ日本には戦艦もありますからね。あの大きい戦艦が沈められない限り、日本は大丈夫です。敵は上陸する前に次々とやられますからね。

それにあまり深く考えない方がよいと思います。考えれば、考えるほど、意味のない思考の繰り返しになると思います。私がどうする事もできないですし、考えたって死ぬ時は死にますよ。死だけはどうする事もできないんですからね。

昔、お母さんから聞いた昔話があります。その子は高名な僧侶に何月何日に水に溺れて死ぬっていわれたらしいんですよ。その事を聞いた父母はその日にさえ、水に触れさせなければ死ぬ事はないと考えて、子供を部屋の中にずっと閉じ込めておいたんですよ。ところがどうなったと思います？

普通に考えれば、水が全くない部屋の中でどんなにしたって、死にようがないと思うじゃないですか、でも、運命はそれを許さないらしいです。なんとその子は掛け軸にある水の絵に鼻をくっつけて窒息死したらしいです。死は運命なんですね。

昭和二十年二月八日

川野　節子

田中　清次郎様

死は運命ですか、深い言葉ですね。私もそう思います。私のまわりには結核で死んだ沢山の親戚がいます。少し前まで、元気そうだったのに人間って簡単に死んでしまうものなんですね。特に死んだ人は子供が多かったように思いますが、人間の儚さを感じざるを得なかったです。

それに子供が死んだ時の親の姿を見ると心が痛みますね。あれほどの悲しそうな姿はそうそうには見られないと思います。子供は親の宝であり、未来の希望でありますからね。気が狂いそうなほどに嘆き悲しみます。かける言葉はないですね。ただ、こちらとしては沈黙して、同じく悲しそうに見守る事しかできないです。

この戦争で何人の子供が死んだのでしょうか、何人の親が泣いてきたのでしょうか、それを考えると心の中が暗くなります。死は運命とはいえ、過酷すぎますね。

それにこの死というのは私達を今後どのように扱うのでしょうか？ 私達を捕らえ

て離さないのでしょうか？　それとも私達が高齢者になるまでは見逃してくれるのでしょうか？　これだけはわかりません。運命ですからね。

それでも人間は常に自分が生きているという事を前提で物を考えます。いつ死ぬかわからないという言葉は忘れているようで、忘れていないとでもいうのでしょうか。とりあえず、生きているだろうという感覚で行動します。その時、死の恐怖というものはないです。殆ど忘れています。

しかし、時折、姿をあらわしては人間を怖がらせます。それは身近な祖母、祖父の死だったり、有名人の死だったり、交通事故に危機一髪でなりかけた時だったり、肺病で一時的に呼吸ができなかったりと色々な形で姿を少しだけあらわします。

その時だけが一瞬、恐怖に囚われますが、すぐに人間は自分が生きているという前提で行動するんですよね。不思議な動物です。死という魔物が通り過ぎた痕跡だけを記憶して、それで終わりです。

人間は死を自覚しないからこそ真剣に人生を生きられないのでしょうか？ それとも、死を自覚しないからこそ生きられるのでしょうか？ 難しい問題です。普通に考えれば、死を自覚しすぎると人生が楽しくない、いつも恐怖と共に暮らしているような気持ちがして凄く生きにくいように感じます。死を覚悟しているから、いつも真剣に生きているが、いつも死に迫られているようでは生きた心地がしません。

逆に死を自覚しない生き方は人生の時間が無限にあると錯覚をし、とんでもない人生の浪費につながります。様々な贅沢品や酒、タバコ、ギャンブルは少量であれば、ストレスから身を守る道具となりますが、無限に時間があると思い込んで、それだけを追求すれば、人生はすべて空しい浪費に終わってしまいます。

この二つの考え方の長所を取って、死を意識して怖がりつつも、死を受け入れて、恐れすぎないようにする事で人生の中で価値ある物を追求するという生き方はできないのでしょうか？　難しいところです。

話はかわりますが、私を白馬の王子様というか、白い戦闘機の王子様にしていただいてありがとうございます。大変に光栄です。私もあなたの期待に答えて、白い戦闘機で敵戦闘機を東京の上空から追い払いたいですね。ただし、乗れる戦闘機があって、上官が戦闘機を白いペンキで再塗装する許可を与えてくれればですけどね。

とりあえず、話的にはとても面白かったですし、私への愛情も感じられますので、とても励みになります。手紙を読んだ後は、私も何とか自分の乗れる戦闘機を上官に探してほしいと懇願しにいきました。流石に戦闘機を白馬のように白く塗りたいという事は言えなかったですけどね。

じゃあ、お返しに私の空想物語でも語りましょうか、私は白い戦闘機に乗っています。そこにはあなた以外に誰も乗っていません。私とあなたしかいないのです。天気は晴天で、後は広大な海が広がるのみです。とってもとっても大きな海があるだけで、島もあまり見当たりません。飛行機の速度は早く、雲もびっくりするような速さです。

そこで、私とあなたは二人きりであらゆる文明から離れるのです。人間を醜く汚くしてきた文明から遠ざかるのです。農業と金の発明は人間の貧富の差を拡大し、金持ちは自分の富の為に貧乏人を兵隊とする事で更に金持ちになる文明を作りました。

貧乏人は金持ちをより金持ちにする為にもしくは、その金を守る為に自分の命を危険にさらして、人の命をとろうとするのです。金持ちから生活する為の小金を貰う為に自分の命を賭けて戦うのです。

それに金持ちは上手に徴兵をのがれるか、徴兵されても安全な場所に配置されるだけの不公平です。確実に生きて帰れる事ができない、死ぬだけの為の最前線に配置される事は殆どありません。

私達、二人はそのような汚れた文明から逃げるのです。遠く、遠くに逃げるのです。金持ちという卑怯者がいない自然の世界に逃げるのです。金も農業もない世界に逃げるのです。富の蓄積ができない世界は人間が平等の世界です。だって、金によって権力を作れないですからね。文明がない世界は欲しい物がない世界です。欲しい物がないのに金は役に立たない。おまけに金も貯められない。

私達の飛行機はそのような文明がない土地を探します。今度こそは文明のない社会で二人の子孫を永遠の平等と幸福にする世界を作るためにです。

田中　清次郎

昭和二十年二月二十六日

川野　節子様

ああ、とうとう私の街にも大きな空襲がやってきました。あなたも知っておられると思いますが、三月十日に今までにない規模のアメリカからの大規模夜間空襲がありました。

まさにこの世の地獄のような光景でした。夜に鳴り響く空襲警報、それに驚いて泣き叫ぶ赤ん坊の声、行方不明の自分の家族を呼び出す絶叫にも近いような声、家族が火だるまになって泣き叫ぶ声、「アメリカめ、いつか殺してやる！」というような怨嗟の声、私達は助かるのだろうかという不安をあらわす声等、様々な感情が入り乱れる声の日でした。

その後、その声が終わった朝にはもう絶望しかありません。今まで慣れ親しんでいた光景はそこにはなく、ただただ焼野原です。いつも通いなれた道には何もありません。見慣れた家、見慣れた店、見慣れた神社、見慣れた木、見慣れた犬猫までもいません。ただただ、焼けただれた木と煤の嫌悪させる匂いと、人の肉が焼けたような匂いしかありません。まさに、空襲される前と別の世界です。本当の地獄です。

おまけに死体がそこにはゴロゴロとあります。二歳から三歳くらいの幼児の死体とそれを庇うようにして一緒に焼死した母親、一人で家族を探しているうちに空襲に巻き込まれた十三歳くらいの少年の死体、年老いた母親を背負って、防空壕に逃げようとした四十過ぎの男とその母親の死体、おまけに、私が可愛がっていた三匹の子猫の死体もありました。私が親猫から離れた子猫を母親のように大切に育ててきたのに残念です。

これらの死体はとても見られないようなものですが、道にあるので見ざるをえませんでした。この空襲で一気に約十万人の人間が亡くなったと聞いています。みんな泣いています。自分の愛した人を一夜にして奪われた人が沢山、生まれました。今まで一緒に暮らしきて、一緒に泣き笑い、楽しい時も、悲しい時も時間を共有し、お互いに支えあった大切な家族を失い、生きる希望を失った人々が沢山、生れました。

それに書かないでおこうと思っていましたが、やっぱりどうしても書きたいです。感情をとても抑えきれない。本当はあなたに心配をかけたくないので、戦争が終わるまではできれば知らせたくなかった。

とても、悲しいお知らせです。私の母親がこの空襲によって亡くなりました。夜、父母、私、弟が同じ家で仕事を終えて、疲れきって寝ていました。ご存じのとおり、父は病弱な為に徴兵検査に不合格となり、内地（日本本土）で仕事をしています。それを健康な母親が支える形で仕事をしてきました。おまけに弟や私の面倒まですべて見ていてくれました。それも自分の仕事を持ちながらです。

私の家庭はこの家族すべてを支えてくれる太陽のような母親を中心にまわっていま

した。明るくて、健康でどんな困難にも負けない母が太陽となって、私達を明るく照らしてくれていました。その家庭にいつも希望の光を与えてくれる太陽を私達は失いました。私達はどのようにしたら良いのでしょうか？　こんな事をあなたに聞いても、慰める言葉しかでてくる事はなく、何の解決もつかないのは知っております。しかし、ただ、ただ、慰めてほしいのです。この空いた心をあなたの愛で満たしてほしい。こんな時ほど、愛が欲しくなるのです。

私達、家族は夜間の空襲警報に驚いて、私と母、弟は防空頭巾を着用し、父親は家の中にある大切な非常用食糧や水を持って、急いで防空壕に逃げようとしていました。敵の焼夷弾は私の街の数キロ先に落ちているような感じだったので、少し時間的余裕を感じていましたから、急ぎながらも、着実に逃げる準備をしていたのです。そして、ちょうど逃げようとする時に、母親が父親に貰った婚約指輪を家に忘れてしまったので、それを取りに戻ろうとした瞬間に、母親の服を焼夷弾の火が襲い、お母さんの服が一瞬にして、火の玉のようになりました。その後は火だるまになりながらも、こう叫び続けました。「お父さん！　助けて！」と。

母の絶叫を聞きながら、呆然と立ち尽くしていた私達。母は家族を見ながら、徐々に「助けて！」の声が小さくなってゆき、最後は倒れたままになり、火は消えず、地獄の業火のように母の体をひつこく焼き尽くしました。

私達、家族は母の傍にいたかったのですが、焼夷弾が次々と近くに降り注ぐ中で、じっと母の傍にいる事はできなかった。それに焼夷弾の火を消すような立派な設備はここにはなく、母をどうする事もできません。私達はただ逃げる事しかできなかった。ただ、倒れて、燃やし尽くされる母をその場に残したままにして逃げる事しかできなかった。その時、私も一緒に死ねばよかった。どうする事もできなかったが、母を見殺しにするくらいなら、この良心の呵責と一生向き合うくらいなら、その場で死ねばよかったと思います。現実にはその場で何かできる事はないかと探しながら、号泣していた私を父と弟が無理やり引っ張って、母から離れる事になり、命は助かりました。

その後、夜が明けて、空襲が終わり、母がいた場所に向かいました。しかし、そこには元気な母の姿は無かった。そこには誰かともわからない黒焦げの遺体があっただけです。服装の断片から、母と特定できたのですが、少し前まで私達を照らしてくれた太陽のような人はそこにはいなかった。無残で残酷な現実しかなかった。これが、戦争という物なんですね。この人生の残酷さ、私には耐えられません。

昭和二十年三月十五日

川野　節子

田中　清次郎様

心からご冥福を祈ります。私にはあなたにかける言葉がみつかりません。私はあなたのお母さんには子供の時から、非常によくしてもらいました。遊びに行った時にはあなたと一緒に昼食のおにぎりを用意してもらったり、百人一首の遊びをしてもらったり、他にも正月には一緒に劇場に連れていってもらったりと楽しい思い出が一杯です。

ただ、生に絶望を感じないでください。生き残ったあなたが自分の良心を責める必要はないですし、あなたの母もそれを望んでいるとは思いません。あなたは立派です。危険になるまでその場を逃げようとしなかったですし、あなたの大好きなお母さんの最後をどうする事もできなかったですが、母親に焼夷弾の火がついて、息絶えるまでの最後を全部みました。焼夷弾がふってくる危険を顧みずに、母の最後を見ました。それに何かできる事はないかと最後まで探しながら、号泣していました。

あなたは自分のできる事をすべてしているのです。自分を責める必要はありません。母親も最後まであなた達、家族がいてくれた事を、そして、何かできる事はないかとあなたが号泣しながら、必死に探してくれた事を感謝していると思います。普通の他人ならば、焼夷弾が近くに降り注ぐ中でこのような事はしてくれないでしょう。速やかに逃げるだけです。

あなたは家族としての愛情と義務を母親に尽くしたのです。母親はあなた達を天国で批判はしません。ただ、一刻も早く立ち直って欲しいと思っています。今頃は、天国で母親は、ご先祖様とあなた達家族を心配そうに見ているでしょう。

「私はここで仏様、ご先祖様と綺麗な宮殿で、美しい着物を着て、楽しく暮らしているので心配はない。ただ、あなた達、残された家族が心配です」と言っているでしょう。

　また、ちまたには神様やあの世の世界がないといっている人がいますが、そんな事は数学や何かで証明されたのでしょうか？　私は信じません。そんな事はないです。過去に証明できなかった事が未来には証明される事が続いています。その証明を待つだけです。

　お母さんの為にも明日を向いて生きてください。まだ亡くなってから、日があまり経っていないので、衝撃は大きいと思いますが、それが私の心からのお願いです。決して、死にたいとは言わないでください。あなたを愛している私が一番辛いです。

　後、三月から新たな基地に移動になりました。そこは百里原海軍航空隊という哨戒任務部隊の基地なんですが、どうやら神風特攻隊の攻撃もしているようです。私も戦闘機の訓練を必死にやってきたのは敵艦隊に自爆攻撃する為にしてきたわけではありません。敵艦隊を沈めて、自分の愛する人達と自分の命と日本国民を守る為に練習してきたのです。特攻は志願制なので、私は絶対に断るつもりです。あなたと将来の生れてきていない子供の為にどんな事があっても生き残るつもりです。

「こんな馬鹿な事で死ねるか！」というのが今の私の気持ちです。

私は自分が生き残る為に、したくないのに殺人をする決意までしたのですよ。敵機を撃墜する殺人をしなければならない苦痛の上に、まだ日本国は自分の命まで差し出せというのでしょうか？　全く理不尽の塊というべきでしょうか？　鬼ともいうべきでしょうか？　唖然としてしまいます。あの人達に人の心はないのでしょうか？　人間は国の為に生きる事はできても、国の為にすべてを捧げる事はできないのです。

田中　清次郎

昭和二十年三月二十七日

川野　節子様

あなたは隠していたのね。あなたは本当に優しい人です。自分の辛さを人に見せなくて、人を守ろうとする強い人です。でも、なんで隠していたのですか？　私は将来、あなたの妻となる女なんですよ。あなたは三月十日の東京大空襲で私と同じように大切な人を亡くしました。あなたの実家の近くに住んでいる私がその事に気がつかないとでも思うんですか？　私も馬鹿にされたもんです。

今度は私があなたを慰める番です。あなたはあの空襲の日に大切な弟を失いました。私も幼い時から知っており、今年で確か十歳になります。あなたとは歳が離れた弟ですが、まさに自分の子供のように可愛がっていました。

幼児の頃はまさに天使のような可愛い子でした。ぽっちゃりした頬に大きな目でウルウル見つめる姿に周りの大人達はどれだけ、撫でてやり、頬にキスをしてあげた事か！　そんな玉のような子がこの残酷な爆撃によって命を失いました。なんというやりきれない気持ちになるのでしょうか！　それは私以上にあなたが感じていると思います。

ただ、私にできる事はあなたがその深い悲しみを負った以上に私があなたを愛してあげられるという事です。あなたのぽっかり空いた寂しさが吹き込むような穴は私があなたへの愛で埋めます。私はあなたが大好きです。どこまでもどこまでもついてゆきます。地獄の底までもです。あなたが死にたいというなら、必死でそれを止めますが、どうしても止められないならば、私も死にます。

天国はあなたの言う通り、ないと証明されたわけではないです。ないものはある可能性があります。そこで仲良く暮らしましょう。私もついてゆきます。

もし、死ぬのをやめろというならば、生きます。生きて、あなたが伝えたかった事やあなたがしたかった事を精一杯して、生きてゆきます。すべてはあなたの生がこの世にあったという事を忘れないように皆に示す為です。あなたという人間がこの世にいたという事を世間に示します。

それにしても本当に天国というものがあれば良いですね。私は子供の時から仏教を信じていますので、天国というものがなく、この世の生だけしか存在しないとは思っていません。ただ半信半疑なんです、天国ってあるような、ないような気持ちになるんです。でも、仏教だけでなく、キリスト教も天国の存在を認めていますし、それだけではなく、他の宗教も多数が認めているんですから、天国の存在は本当にあるとも思えるんです。

もし、天国があるんだったら、死んだら、私の大切なお母さんやあなたの可愛い幼い弟と会えますね。それも、その人達だけじゃなくて、私はおばあちゃん子だったから、死んだ祖母とも会えますね。そして、あなたとも天国で永遠に笑って暮らせるんですね。なんて素敵な事なんでしょう。毎日、毎日、永遠に愛する人々と仲良く暮らせる事ができるんですね。それも病気や貧困もなく、みんなが平等な世界で生きられるのですね。なんて素晴らしいのでしょう天国って！

とにかくも、私の事は心配せずに、自分の心を癒してください。私は母に似ている明るくて、芯の強い女です。母が死んだ事は悲しいですが、それだけの世界にとどまるような女ではありません。少し寂しさを感じる時もありますが、毎日が軍需工場の労働で忙しいので、その寂しさもすぐに消し飛んでいます。母も頑張っている私を天国で応援してくれているに違いありません。

昭和二十年四月十三日

川野　節子

田中　清次郎様

私は大切な幼い弟を確かに亡くしました。しかし、私は悲しいながらも、その心に鉄の蓋ができる人間です。悲しい、悔しいと涙がでてくるような強い感情に鉄の蓋をかぶせる事で、数年後にはその感情を殆ど消し去る事ができる人間です。薄情な人間と思われるかもしれませんが、それは自分が人生を生きていく為に、感情に潰されないようにする意図で培ってきた特技とでも言うべきものです。

私は弟の死になんとか耐える事はできます。それはあなたも薄々感じているはず。しかし、あなたは違います。あなたは理屈っぽく、明るく、強いながらも、どこか弱い乙女のような部分がある。乙女なので仕方ないのですが、強がっていてもある時、ポキッと折れてしまうような弱さがあります。

私はあなたのそういう性格がとても心配です。それも亡くされたのはあなたが家族で一番大好きだった母親であるというのも理解しています。私の事は心配せずとも大丈夫です。よほどの事がないかぎり、背中に寂しさの色が僅かに見えるだけです。自分の心の中をよく覗いてください。その中で、悲しみを感じ、整理できる感情は整理してください。自分の感情をよく見る事で自分の中でどういう部分が弱いのかを考え、そして、弱い部分を乗り越えるような感情を持てるように日々、生活の中で実践していってください。

私も鉄の蓋だとか、恰好をつけるような言い方をしましたが、鉄の蓋をするのも溢れる感情が強い為に、けっこう苦労しています。少しの感情ならば、簡単に鉄の蓋をしてしまえるのですが、今回は大切な肉親を亡くしましたから、そうは簡単にはいきません。日々、悲しい感情を忘れられるように努力しています。

この戦争は持てる国（アメリカ、イギリス、フランス等）と持たざる国（日本、ドイツ等）の戦いです。アメリカ等の資源・植民地を持てる国が「暗黒の木曜日」からはじまった世界大恐慌にブロック経済を展開して、持てない国を疎外し、自分達だけが助かろうとした為に起こった戦争です。持てる国がそれぞれ経済圏を作り、グループ内の関税を減税し、グループ圏内の通商を保護し、持たざる国からの輸入には高関税をかけて自国産業を保護するといったエゴイズムが引き起こした戦争です。

残念ながら、「神の見えざる手（市場での自由競争による需要と供給等の適正な資源配分による経済繁栄）」は万能ではなかった。世界恐慌を引き起こし、それはまさかも第一次世界大戦で敗北したドイツにフランスがヴェルサイユ条約で巨額な賠償金を押し付けたように、エゴイズムという化物が持てる国のブロック経済を作り出し、その反作用でドイツにヒトラー独裁を、日本には軍部による独裁を引き起こした。

私達、日本人だけが悪くないのです。世界のエゴイズムが原因です。それに日本が帝国主義の国になったのも日本だけの原因ではありません、日本は本来、江戸時代は内向きの国でした。他国の侵略はほぼ考えられないですし、鎖国で国を閉ざしていたくらいです。そこに欧米列強が力ずくで、日本の鎖国をこじ開けました。そこで日本が見た世界は弱い国は植民地になり搾取されるという残酷なものでした。やらないなら、やられるという意識から日本は江戸幕府のような封建社会を廃止し、欧米から近代化を取り入れ、朝鮮等の弱い国を植民地とする帝国主義の国となりました。

もし、日本が欧米から刺激を受けなくても、識字率の高さもあって三百年後くらいには平和に封建主義社会を終了させ、独自に近代化し、他国を侵略するような帝国主義の国にはならなかった。また、この戦争も起こらなかったと思います。残念です。

後、私達はどうやら特攻隊として捨て駒にされる為に、この基地に配属されたようです。物資不足の中で戦闘経験がないのに飛行機にのせてもらえると思ったら、実態はこんなもんです。日本はそこまで追い詰められているという事なのでしょう。

ちなみに私は特攻には行く気はないです。せっかく授かったこの命を無駄にしたくはありません。絶対に生きて帰ります。生きてあなたと幸せな人生をおくりたいです。ただ、私の仲間が自ら志願して、特攻に行く事が多くなりました。私は必死に止めるのですが、まわりの空気が特攻に生きたくないのに、行かせるという感じです。私は特攻に行かなければならないという空気を知っていますが、まだ直接聞かれた事はないので自らは手をあげる事はないです。ですが、昨日まで生きていた仲間が自ら手をあげて死んでいくのを見るのは非常に辛い気持ちになります。私もこのまま自分だけがなぜ生きているのかを考える事もあります。

田中　清次郎

昭和二十年四月二十九日

川野　節子様

特攻に行く仲間を見送るのは辛い事ですね。今まで数カ月、一緒に生活をしていた仲間が突然いなくなるんですからね。でも、私はあなたにどうしても生きてほしいと思います。それがエゴイズムと言われても、自分の事しか考えない犬畜生と言われてもかまいません。私はただあなたに助かって欲しいのです。

この戦争は深く考えれば、内向きで平和な江戸時代を謳歌していた日本を欧米列強が無理に、弱肉強食の帝国主義に叩き込んだ事で起こった戦争かもしれません。日本は無理矢理に外国と関わらなければ、このような戦争には巻き込まれなかった。今でも平和な内向きの江戸時代を謳歌していたかもしれません。

このような馬鹿な戦争の為に命を落とさないでください。特攻に行かなければならない空気を読まなくても大丈夫です。決して、空気を読んではなりません。空気を読みつつも絶対に無視してください。あなたに死なれると私は生きていく事ができません。

私はこの戦争で大切なお母さんを失いました。もし、この先、あなたを失えばどうして生きていけばよろしいのでしょうか？　あなただけは死なないでほしい。エゴイズムかもしれませんが、私の為に生きてください。あなたの仲間を失って、自分だけのうのうと生きているという罪悪感があるのは痛いほどわかります。人間とはそういうものです。よほど心が鬼に支配されていなければ、自分だけが幸せであり、恵まれているという事に罪悪感がある動物です。

でも、私はどうしても生きてほしいです。あなたの子をこのお腹に宿したい。大好きなあなたと私の子供の顔が見たい。家族で海や山に旅行しに行ったり、子供の運動会に一緒に参加したり、正月には一緒に餅を食べたりと色々な幸せを感じたい。大きな幸せではないかも知れませんが、大切な幸せを感じたい。この大切な幸せを感じる生活を死ぬまでおくりたい。身勝手と思いますが、どうしても譲れない望みです。

それにあなたの死んでいった仲間もあなたの死は望んでいないと思います。自分の人生を捧げる特攻攻撃にどうしても望んでいないあなたのような人の死を普通の仲間なら、死神のように望むでしょうか？　私は望んでいないと思います。周りの空気に影響されて、志願しているとは言え、自分で志願しているのには変わりありません。
　これは何も命令ではないと思います。特攻攻撃をしろという公式な命令ならば従わないといけないかもしれませんが、命令ではないです。だから、従う必要はありません。それに万が一、命令ならば、どこまでも逃げてください。この東京の山奥に逃げたっていいじゃないですか、実家でもないですし、簡単には見つからないです。

川野　節子

昭和二十年五月三日

田中　清次郎様

あの特攻に志願する者は手をあげろというのは志願なんでしょうか？　それとも命令のどちらなのでしょうかと思う時があります。志願と命令の中間ではなかろうかとも思う事があります。仲間が手をあげる中で私は何度も手をあげないので、そういう奴だなと諦められていると思いますが、だんだんと上官からの風当たりがきつくなってきているように感じます。

特攻に志願する仲間は臆病者には見られたくないとか、天皇陛下の為に死ぬのは男子本懐にあたるという義務感や勇気から志願する者、爆撃され、ボロ雑巾のように叩かれる日本を何とか守りたいと志望する者、もっと私的なものであれば、家族を守りたいと志願する者、色々な人がいます。

ただ、殆どの人間は自分から完全にすすんで命を捧げる決心はしていないように感じます。何かの自分の意志はあるのですが、そこに周りからの空気というものが死の恐怖を克服させるというか、なんというか、不思議な空気にさせるのです。志願する時には死の実感はありません。むしろ、勇気ある行動の高揚感と名誉だけです。しぶしぶ特攻に行くという気持ちが強い者もその多くは勇気や高揚感を感じます。

しかし、特攻の時間が近づけば近づくほど、不安が心をどっとつかむのです。自暴自棄になり、怒りっぽくなったり、そわそわしたりします。生きたいという強い気持ちがあっても、死というのが実感できない為に軽い気持ちで彼らは特攻を引き受けたのでしょうか？　偽りの勇気や高揚感の為に死を選んだというのが、実態なのでしょうか？　それはわかりません。

ただ、この軍国主義教育が死という最も重要な物を日本国民に軽視させ、偽りの勇気や高揚感という建前を重視しなければならないという事を日本人に植え付けたのは確かです。自分で本当に感じた事の為に死んでいく人間は少ないと思います。自分では理解できない国という巨大な化け物に操られて死んでいくような気がします。

それに私は今日、はじめて特攻の事で上官に殴られました。それも別室に連れられて、二人きりの時に殴られました。あまりにも私が特攻に対して非協力的な態度をとったからです。

私は仲間がみんな助かって生きて欲しいので、話を聞いてくれて、特攻隊志願を諦めてくれるような人にはみんなに話をしました。神風特攻隊のような自爆攻撃を求めてくるような国はまともな国ではない。悪魔の手先であると、悪魔の為に死ぬ事はないと情熱を持って、語りかけました。たとえ、激戦地で百に一しか助からない場所に派兵されたとしても、その百に一の希望が死を覚悟して、戦争に行っている兵士にとっては最後の希望なんだと、その最後の希望を取り上げるような国は悪魔の手先であり、この世には存在してはいけない国なんだと言いました。それに、そんな事を兵隊に求めるような国が起こす戦争は必ず負けるとまで言いました。どうやら、それが上官に聞こえたらしく、鉄拳制裁をくらいました。

「お前！　この戦争を何の戦争と思っているんだ！　普通の戦争ではないんだぞ、白色人種が黄色人種を食い物にしようとしている戦争だぞ！　白色人種がお互いにする戦争なら、敗者にも多少、同情の余地が与えられる。でも、白色人種は黄色人種である日本人には絶対に同情をかけてくれない。日本人が負けたら、奴隷になる事だってありえるんだぞ！　お前みたいな特攻にも志願しないで、人にも特攻するなと説得するような人間を非国民のクズと言うんだ！」というのがその上官の主張です。

田中　清次郎

昭和二十年五月二十六日

川野　節子様

私は多少ですが、その上官の気持ちがわかります。私達、日本人は黄色人種であり、決して白色人種ではありません。これまでの歴史を見ていると、白人は自分達と同類には同等の権利を認めてきました。しかし、黒人を奴隷にし、インディアンを虐殺して、居留地に閉じ込め、中国人にはアヘンを売りつけました。それに黄禍論（黄色人種脅威論）という言葉もあります。

白人でない日本人がもし、白人に負けたら、これまで述べてきた例のように何をされるかわからないという恐怖はあります。私達、女性は物のように取引され、男性は重労働をしなければならないかもしれません、それでも、私は白人の中にある善良な心を信じたいのです。

白人が信じている宗教はキリスト教です。人類に愛を与える宗教です。白人の愛は最初、白人から始まりました。それが、徐々に他人種にも広がっていくように感じています。それは奴隷にされた黒人はリンカーンによって、奴隷から解放され、制限されながらも自由民としての権利を得た事や、中国人へのアヘン戦争においても、イギリス国内にはあまりにも非道徳的な内容なので反対論もあった事からもわかります。

私達、日本人は白人を恐れている事は確かです。恐れだけではなく、その中にはこのようなとんでもなく発達した文明を作りあげた尊敬の念もあります。恐怖と羨望の入り混じった複雑な感情を日本人は白人に抱いているのです。

しかし、私はこの恐怖より、このような素晴らしい発達した文明を作った白人が悪魔ではないと信じています。馬車が自動車になり、人類が数万年憧れていた鳥のように飛べる機械、飛行機も作り、天然痘を予防できるワクチンや遠い所から話せる電話を作ったのも白人です。

このような事ができる白人がヒルのように善良な気持ちを持っていないのでしょう

か？　無機質に何の感情もなく、人の血を吸う事ができるでしょうか？　ヒルのように冷たい、冷酷な生物なのでしょうか？　私は違うと思います。もちろん、心の中には自分達とは宗教も肌の色も文化も違う人間に多少の差別意識はあるでしょう。人間が自分とは違う人間を恐れるのは本能と言ってもよいくらい普遍的な物です。

しかし、相手の顔を見ていると感じるのです。攻撃しなければ、同じ人間で感情を共有できるという事がわかるのです。昆虫のように無機質で感情がなく、平気で共食いや動けない仲間をゴミのように見捨てても心が痛まないような生物ではないとわかるのです。

それは一時的には同人種の白人よりは日本人は厳しい処罰を受けるかもしれません。しかし、それは最初だけです。しばらくすれば、対等とはいかないとは思いますが、殆どの人間らしい権利は認められるはずです。日本人と言っても泣いている三歳の幼女を足蹴りにする白人が何人いるのでしょうか？　そんな人は白人であっても殆どいないはずです。もし、いたとしても、同じ白人社会の中では全く相手にされないはぐれ者です。

ですから、そのような上官の言葉は嘘です。嘘の塊のような言葉です。その上官がそのように考えるようになったのは自分で考えて結論を出したのか、政府の考えにのせられたのかはわからないですが、信じないでください。それを信じればあなたは身の破滅です。私はあなたをとてもよく知っています。よく知っているからこそ、それを信じてしまえばあなたは生きてはこの戦争から帰ってこられない。

川野　節子

昭和二十年六月五日

田中　清次郎様

私も人間の善良な心を信じたいです。しかし、第一次世界大戦のパリ講和会議で日本は人種差別撤廃提案を主張しましたが、アメリカやイギリス等の賛成を得る事ができずに実現はかないませんでした。それだけではありません、アメリカのインディアン虐殺や今回の戦争で白人敵国の移民（ドイツ、イタリア系移民）には殆ど適用されないが、日系移民には適用される大規模な強制収容所への監禁。イギリスの過酷なインド統治、ベルギーのコンゴの黒人に対しておこなった虐待（象牙やゴムの採集ノルマを住民が達成できなければ手足を切断する）。

そういう件も含めて、私達は白人から見れば、下級の人間にしかすぎないとも感じます。少なくとも私達、日本人の数人の命の価値が白人一人の命の価値に値すると感じています。これが完全になくなる事は後、二百年はほぼないように思えます。

しかし、このような人種における差別は徐々に少なくなっている事は確かです。それはあなたのいう通りです。白人も人間であるから、私達、黄色人種である日本人ともいつかは完全に心をかよわせる時期がくるでしょう。いつの日になるかはわかりませんが、すべての人種が平等で、人格のみでその価値を判断される日が来る事は確かです。何百年かかるかわかりませんが、もしかしたら、千年かかるかもしれませんが、そういう日は必ずきます。

しかし、私達はその理想が実現される時代には生きていません。戦争に負ければ、軽い処罰で日本がすむでしょうか？　軽い処罰の中で、私達、夫婦と子供達が幸せに生きる事ができる時代が来るでしょうか？　同じ白人の国であるドイツでさえ、ヴェルサイユ条約の賠償金に苦しみました。ましてや、日本人は黄色人種です。ドイツのような白人の国ではありません。完全な奴隷とはいわないまでも、「形式上の自由民、実質上の奴隷」として生きなければならない人生が待っているかもしれません。

とにかく、私は自分の愛する人々と自分がこのような劣悪な状態で生きるのが、怖いのです。このような状態で生きなければならないのなら、自分が助からなくても、少なくとも愛する人々だけでも幸せでいて欲しいという気持ちがあります。その為に死ねという上官の気持ちにも同意する部分はあります。

しかし、あなたとの約束も守りたい。あなたと生きて幸せな家庭を作りたい。この中で気持ちは揺れ動いています。私は多くの物を望んでいません。金持ちになりたいと思う事もありますが、そんなに気持ちは強くはありません。お金は大切な物ですが、生活ができる程度にあれば気にはしないです。贅沢な家、車、酒は望みません。本当に望む事はあなたとの静かで平凡な暮らしです。

小さな家族がなんとか暮らせる一戸建てが欲しい。車も必要なく、電車通勤でかまわないです。仕事も家族がなんとか幸せに暮らせる収入があればよい。ただ、静かに末永く、家族が愛情をかよわせあえる生活がしたい。それだけなのです。それだけなのになぜ戦わなければならないのでしょうか？　なんの為に戦うのでしょうか？　それだけの望みなら、文明開化されていない江戸時代にもできたはずです。そんな幸せな家族は江戸時代にも沢山いたはずです。電気のない生活でもかまわないです。富とはなんなのでしょうか？　私にはわかりません。

最近は私への風当たりも強く、臆病者、卑怯者と陰口を叩かれるようにもなりました。上官にも何かにつけて殴られるようにもなりました。それでも、私は生きたい。生きてあなたを幸せにしたいです。ただ、心が折れそうになる時もあります。

昭和二十年六月十七日

田中　清次郎

川野　節子様

大変悲しい知らせがあります。あなたもご存じと思いますが、私達の幼馴染で親友でもある坂本武雄が亡くなりました。七月三日に敵空母に自爆攻撃をかけるも、失敗におわり敵機に撃墜されて、死にました。

彼の人生は何だったのでしょうか？　私は悔しくて、悲しくてたまりません。この手紙を書いている時も涙が止まりません。もし、敵空母に命中し、日本人を皆殺しにしようとする敵爆撃機を多数、道連れに死ねたのなら、まだ報われたかもしれません。しかし、それもかなわずに敵機に撃墜され、非業の死を遂げました。

彼は幼い頃からの遊び友達でした。幼少期から青春時代を一緒に駆け抜けた大切な仲間でした。そんな仲間をこんな形で失うなんて、世の中はなんと無情な世界なのでしょうか！　男の私はなんとかして仇を討てないかを考えてしまいます。このまま黙って、泣き寝入りをする事が道徳的に許されるのでしょうか？　あなたと幸せな家族を作りたいという願いの為に自分だけが生きていていいのでしょうか？　私は悩みます。

　彼は私に遺書を書いてきました。その内容は「この戦争はどうしても負ける事ができない戦争だ。負けるという事は日本がアメリカの植民地になり、破滅する。中国人が白人に召使として仕えるように、日本人もアメリカの白人に召使として仕えなければならない。その為に俺は死ぬ。決して、天皇陛下の為に死ぬわけではない。ただ、愛している日本の人々の為に死ぬだけだ。節子を頼む、俺が本当に愛した女は彼女だけだ。先に逝ってくる」

　私は彼にあなたの事を頼まれました。あなたの幸せは日本が負けても保証されるのでしょうか？　日本が負ければ、私とあなたの幸せはありません。それなら、私の命で、あなたを少しでも幸せにできる道を切り開くという事が正しいのではないのでしょうか？

それとも、坂本武雄や上官の言う事は妄想なのでしょうか？　彼らの考えが誤った考えなら、私の特攻での死は全く意味をなさなくなります。戦争に負けたなら、アメリカが日本人を搾取するという本当に酷い事をするのでしょうか？　第一次世界大戦では同じ白人のドイツ人でさえ、あのような状況に追い込まれたのだから、黄色人種の日本人はドイツ人がやられた程度ではすまないと主張する人々がいます。

その逆にアメリカを良く知っている人々はそんな事はない。アメリカ人は日本に酷い事はしない。単なる政府、軍部や民間から軍国主義勢力を排除するのが目的であるから、日本人は敗戦になっても、その復興の為にアメリカから大きな援助を得る事ができるという人もいます。

それに、たとえアメリカ人が公文書で日本人を酷く扱わないと明確に約束しても、それを素直に信じる事ができるでしょうか？　ましてや無条件降伏を求めてきたなら、その内容は日本人を酷い目にあわせるという事と裏返しなのではないでしょうか？　私にはわかりません。ただ、生きているのが本当に辛くなってきました。人間の善を信じるのも重要な事ですが、人間の悪を警戒する事も重要な事です。
　私の心は揺れ動いています。空襲の時にアメリカからまかれるビラにはアメリカにとって都合の良い事ばかり書かれています。あんな物を信じるなと政府の連中は言いますが、私は迷っています。誇張はありますが、少なくとも一部は真実なのではなかろうとも思います。

昭和二十年七月十日

田中　清次郎

川野　節子様

残念ながら、武ちゃんが死んだ事は知っております。とても悔しくて、悲しいです。私も涙が数日は止まりませんでした。子供の時に一緒によく遊んだ事や、私が好きでよくしてくれた事、面白い話をして楽しませてくれた事等色々な昔の事が頭の中によぎりました。あの優しくて、面白い武ちゃんがこの世にいないと思うと、私もこの世から消えてしまいたいと強く思う事が多々あります。

ですが、あなたには一つ大きな間違いがあります。あなたが死んでしまえば、どんな事があっても私は幸せにはなれないという事です。武ちゃんが言うように私をどんな事があっても生きて、守ってください。それが私の幸せです。日本がアメリカの植民地になろうとも、搾取されようとも、生きていれば幸せを見つける事ができます。すごく苦労するかもしれません、ただ、その中でも生きていれば何とかなる事も多いのです。

今のアメリカ人が日本にしている事には絶望しか感じないかもしれません、武器を持たない市民が子供も含めて大量に殺されています。しかし、それはアメリカ人の一方の姿だけしか見ていないです。アメリカ人にも愛すべき家族や恋人、友人等がいます。彼らも人間です。戦争中は敵ではありますが、それが終わったならば、過去の事を水に流し、再び、友人として手を取り、より良き世界を作る事もできると思います。味方がいつまでも味方と限らないように、敵がいつまでも敵とは限らないです。

人間の善良な心を信じましょう。アメリカは軍国主義勢力を処罰しても、巨額な賠償金等の過度の復讐には興味がないと思います。相手を疑いすぎるのは決して良い事ではありません。それに疲れます。疑いはあらゆる物を敵にします。それは親、兄弟でさえも敵に見えてしまう恐ろしい物です。

ですから、決して特攻隊にいっては行けません。私を幸せにし、日本を再び復興する為に、生き残ってください。今はアメリカへの疑いだけではなく、武ちゃんやその他の戦友も特攻で死んでいるので、とても精神的に辛い状態だと思います。しかし、負けてはいけません。負けてしまえば、自分の人生を自らの手で放棄する事になってしまいます。

それに疑いや復讐ばかり考えるよりも、もう少し何か気晴らしできる事を考えてはどうでしょうか？　このような辛い事が沢山ある中で難しいかもしれませんが、ずっと深く考えていても暗い気持ちにしかならないですよ。私も大切な人が沢山死んでいるので、自然に暗い気持ちと復讐心に取りつかれる事がありますが、誰もいない場所で一人、歌をうたったりすると気持ちがとても晴れます。あなたもそれを試してみればどうですか？　何となしに楽しい気持ちになりますよ。もし、それが苦手というならば、太陽の輝く、朝に散歩等はどうでしょうか？　典型的な気分転換の方法ですが、思いつめる事は少なくなると思います。

それとも、私が何か昔の楽しい話をしましょうか？　私もあなたの気持ちを慰めてあげたい。あなたの疲れた心を癒してあげたい。疲れ果て、病んだ可哀想な心に安らぎを与えたいとそう思いますが、こんな事を言っている私もまた武ちゃんや母親の事を思い出し、涙が出てきました。この手紙にも涙が、何滴かこぼれたようですね。文字の部分をさけたので、字が汚れなくて良かったです。

私も強がっていますが、女なのですね。男なら、涙を抑えられる人が沢山いますが、女は感情が強く出るので、どうしてもこのように涙を抑えきれなくなる事も多いのです。

武ちゃんや母親に先に死なれた私があなたを失ったら、この先どうすれば良いのでしょうか？　あなたがいない世の中なんて考えられません。あなたがいない世の中は光のない世の中と同じです。私にとってどうやって暗闇の中で生きれば良いというのでしょうか？　少し意地悪な所があるので、あなたは私にとってあなたのかわりはいると言うかもしれません。

確かに時間が経てば、あなたを失った痛みは少しずつ癒えるでしょう。それは武ちゃんや母親もそうです。時間とはそれ程、偉大で慈悲深い物なのです。しかし、癒えるまでには数年、下手をすれば、十数年という長い時間がかかるのです。私はその間、どのように生きていけば良いのでしょうか？　とても考えられません。私は戦争で失った婚約者のかわりにすぐに違う男を見つけられるほど強い女ではありません。

昭和二十年七月十八日

川野　節子

田中　清次郎様

とうとう日本の広島に新型爆弾が落ちました。もの凄い威力だそうです。街が一つ消えてしまいました。ある人の話では皮膚が焼けただれた何百という人間が水を求めて、川の中で息絶えたり、皮膚が焼けただれ、道に引きずりながらも母親と子供が泣いて助けを求めたりだとか、想像を絶するような地獄らしいです。他にも建物が倒壊して動けなくなり、そのまま火によって、家族に見られながら、焼き殺されたりしています。まだ、こんな地獄を味わうよりは、熱と光によって一瞬で蒸発して消えた人間の方が幸せだと思います。

なんという酷い事をするのでしょうか？　もし、相手が白人であるドイツ人ならばアメリカはこのような残酷な事をするのでしょうか？　日本全体の状況を見れば、アメリカは日本がもう絶対に勝つのは不可能だと理解しているはずです。それなのにこんな人間を人間とも思わない方法で十万人近くの人間を皆殺しにするなんて信じられない。

もはや、これは私としては日本人をこの新型爆弾（私は原子爆弾と推測しています）の実験生物として黄色人種である日本人を選んだとしか考えられません。私は白人への不信感がますますつのるばかりです。もし、私達、日本人がドイツ人のような白人ならば、このような方法はとられなかった。アメリカは焼夷弾のような通常兵器で我慢したはずです。

私達、日本人はこのような悪魔に降伏しても、本当に幸せになれるのでしょうか？元々から日本人は黄色人種として白人への不信感がありますが、このような状況を見て、上官はこの戦争は白人と黄色人種との戦争であるので、負けられない戦争だ、負ける事の許されない戦争だと言っていたのは、ますます真実のように思えます。

私はこの新型爆弾で殺された無辜の日本国民や私の弟、坂本武雄、あなたの母親の仇を討ちたいという気持ちに憑依されています。どうしても我慢できそうにもありません。目をつぶれば、新型爆弾で煙のように蒸発した人々や焼けただれた皮膚を道路に引きずりながら、泣き叫ぶ親子、弟の炭のように焼けただれた遺体を見て、泣き崩れた私の父母、坂本武雄の特攻する瞬間の場面、あなたの母親への気持ちが現実と想像を交えて、浮かんできます。

死にたくない気持ちもありますが、復讐に燃える人間はそのような事は気にしません。自分の命よりも相手を殺してやりたいという気持ちの方が強いからです。このような暗い願望に取りつかれた人間は自分の命は惜しくありません。

田中　清次郎

昭和二十年八月八日

川野　節子様

そのような気持ちは捨ててください。あなたは決してそのような人ではなかった。昔のように優しいあなたに戻ってください。あなたは相手に攻撃されても、できるだけ話し合いで解決しようとする温厚な人だった。人を傷つけるのが大嫌いな人だった。邪魔な虫ですら、踏みつぶすよりも、そっと紙で取って、外に置いてあげるような人だった。

復讐からは何も生れません。憎悪は憎悪を生むだけです。あなたと同じように自分の命よりも相手を殺してやりたい人間が増えるだけです。それが連鎖するなら、世界はますます酷くて、惨めな状態になります。このような事がわからないあなたではないはずです。なぜ、そのような気持ちにとりつかれてしまったのでしょうか？　私はとても悲しいです。

私の母親の事はもういいです。忘れてください。私の復讐をあなたにさせるつもりはありません。私の母親の死は残酷で、惨めな死でしたが、運命であると私は考えています。本当にとても悲しい出来事でしたが、このような事は私にだけ起こった事ではありません。この戦争で何万、否、何十万、何百万という日本国民が同じ思いをしています。私だけが自分の為だけにただ泣いていられるでしょうか？　人生とは運命という水の流れが絶え間なく、襲ってきます。それは良い流れの時もあり、悪い流れの時もあります。良い流れの時はできるだけのせてもらい、悪い流れの時は我慢するしかありません。

私は母親の無残な死という運命に耐えられます。時間がかかりますが、必ず乗り越える事ができます。あなたもここが運命という流れの重要な時です。今は耐えてください。心の中の燃えたぎるような復讐心とアメリカに降伏した後の日本では幸福には生きられないという不信感を捨ててください。それは幻想なのです。あなたの弱った心が生みだした悪魔なのです。悪魔に負けてはいけません。人間の善を信じて欲しい。

それに私をこの世の中に置いていかないで。幼い時から私はあなたの事を愛していました。誰よりもあなたの事が大好きでした。あなたが死んで、もし、私が誰かを好きになって結婚しても、もうあなたより愛している人ではないでしょう。あなたは私が幼い時から傍にいてくれました。私を幼い時からずっと守ってくれました。

私のこのような記憶がある限り、私はあなたより愛する人を見つける事はできません。どんなに時間をかけても見つける事はできません。だから、私を孤独にしないでほしい、一緒に生きていきたい。

昭和二十年八月十日

川野　節子

田中　清次郎様

あなたは少し勘違いしています。復讐心もありますが、白人支配の元での私達、日本人の幸せはありません。それが一番の原因です。このような新型爆弾を落すアメリカ人は悪魔です。日本はとてもこのような悪魔に降伏できません。もし、降伏すれば日本人は家畜以上の屈辱と苦労の中で生きる事になります。このような悪魔に仕える人生ならば、私は生を選びません。

それに私の死で何千万という日本国民に貢献できるなら、満足です。死んでいった戦友達にも顔向けができます。二十歳そこらで沢山の戦友が死んでいるのです。顔ももちろん知っていますし、一緒に辛い訓練に耐え、飯も食って、悲しい事にも共に涙したような人達です。

そんな人達だけを先に天国に行かせて、私だけがのうのうと天寿を全うするような事ができるでしょうか？　みんな生きたかったのです。生きて幸せになりたかったのです。もし、私だけが生き残って特別に恵まれた立場になるなら、大きな罪の意識を感じます。

それに私を違う男にかえる事はできても、法律、言葉、文化の壁、国籍、人種の壁があり、国はかえられないです。私のかわりはいます。幼い時の美しい記憶があなたの未来を邪魔するかもしれませんが、それも一生は続きません。時間が経てば、最後には私との思い出は更に美しい思い出となり、心の中で輝くでしょう。その時に私を思い出してくれたら、私はそれだけでこの世にいなくても十分に幸福です。

だから、私は死をもって、敵と戦います。あなたと父母、愛する日本国の為に特攻隊となって海に消えます。決して、天皇陛下の為ではありません。特攻の日は八月十四日と決まりました。なかなか特攻の日が決まらない人が多い中ですんなりと決まりました。嬉しくもあり、怖くもあります。

しかし、後悔が全くないと言うと、嘘になります。私も死にたくありません。それに弟を失った父母が私までこの戦争で失う事になるなんて、想像するだけで申し訳ない気持ちで一杯です。後はあなたです。生きてあなたと幸せになるという約束も果たせないままになります。本当に申し訳ないです。

つまらない願望ですが、今度、生まれ変わったら、次はもっと平和な時代に生まれます。平和な時代で誰もができる普通の幸福を絶対に手に入れます。大好きなあなたとの可愛い子供も欲しいです。贅沢なんて何もいらない。あなたと私と可愛い子供達で仲良く、楽しく、末永く温かい暮らしをするのです。今度は誰にも邪魔させません、日本政府にだって、アメリカにだって、邪魔させるものですか！

最後になりますが、あなたが大好きでした。今度、生まれかわったら、またあなたと知り合って、つながりたい。今度は永遠に離れる事なく、つながりたい。寄り添いあう星々のように永遠の絆で結ばれたい。さようなら、本当にありがとう！　私の可愛い人、私の大好きな人、私の永遠の人。

田中　清次郎

昭和二十年八月十二日

川野　節子様

ロックウィット出版の本

姥捨て山戦争　松本博逝著

民主主義は失敗した。老人の数の力を頼りに権力を握った老人政治家は私利私欲に目がくらみ公益より、私益を選んだ。年金は九十歳支給となり、日本全体は不満の渦に包まれる。暴動発生！　その後、革命が起こり、若者と中年による軍事独裁政権が発足。敬老の日が廃止され、若者の日が制定、政府は現役世代の負担を減らす為に超強権的処置の現代的姥捨て山政策を行う。金の為に老人を追う若者と逃げつつ若者に抵抗する老人。老人への負担に苦しむ日本の近未来小説。勝つのは老人、若者のどちらか？

私はサラリーマンになるより、死刑囚になりたかった　松本博逝著

現代の組織の中で、臆病な駒で労働力を提供し、自由を諦めた動物にしかすぎない事を誇りにするサラリーマンに疑問を持った、金持ちのイケメン芸能人を激しく憎む三十代男性ニート（無職）の物語。日本型資本主義社会に虐げられた者が社会の矛盾点を容赦なくえぐり抜く。

好評発売中！

人格を磨くすすめ（人間関係改善）

松本博逝著

同僚や上司・部下に陰口を言われた事ありますか？同級生に陰口を言われた事ありますか？
人格はあなたの将来を明るくするか、暗くするかに影響を与えます。聞き上手等のテクニックも大切ですが、高い人格がなければテクニックもあまり役に立ちません。この本は主に、人間関係に一番重要な高い人格について書いていきます。高い人格は会社や学校でも役に立ちます。その為には**普通**を極める必要があります。

好評発売中！

著者プロフィール
松本博逝
１９７８年１１月２９日に誕生
１９９４年大阪市立梅南中学校卒業
１９９７年上宮高等学校卒業
２００２年関西学院大学法学部政治学科卒業
松本博逝はペンネームである。その他、著書として「私はサラリーマンになるより、死刑囚になりたかった」や「姥捨て山戦争」等がある。
趣味は読書、人間観察等

戦時文通恋物語

著者　松本博逝
2023年　8月　10日　初版発行
発行者　岩本博之
発行所　ロックウィット出版
〒５５７－００３３
大阪府大阪市西成区梅南３丁目６番３号
電話　０６－６６６１－１２００
装丁　岩本博之
印刷所　ニシダ印刷製本
製本所　ニシダ印刷製本

ISBN978-4-9908444-5-5